teenに贈る文学

ばんぱいやのパフェ屋さん

「マジックアワー」へようこそ

佐々木禎子

ポプラ社

ばんぱいやのパフェ屋さん

「マジックアワー」へようこそ

序章

夕日が、空の端に惜しみなくぶちまけた朱金の色をぐっと手元に引き寄せると、マジックアワーがはじまる。太陽が空の底にめり込んで沈み、赤い夕焼けが消えてから、完全に暗くなるまでの魔法の時間だ。

そのときの空は、目に染みるほどに蒼《あお》い。

「ブルーモーメントとも言うんだ。たいていの植物と昆虫たちが眠りにつく時間だ。世界中の空気が、蒼いゼリーで固められたみたいに、ゆったりとして震える」

高萩音斗《たかはぎおと》にそう告げた男――フユは、いまはまだ眠りについている。

マジックアワー。あるいはブルーモーメント。急速に自然光が絞《しぼ》られて消えていく黄昏《たそがれ》の約二十分間の美しさを音斗に語って聞かせてくれたわりに、完全夜型生活のフユは、その光景をリアルで見たことはないのだと言う。

札幌《さっぽろ》市中央《ちゅうおう》区――電車通りに近い商店街の片隅の、築十年を経過した一軒家である。

一階の商店街に面した部分は店舗で、二階は住居だ。

戸口には『パフェバー　マジックアワー』の看板が下げられている。看板の下に小さな文字で書かれた営業時間は『日没から日の出直前まで』というアバウトなものだ。ふざけているのかという話である。

けれど、そんな適当な営業時間が「なんだかおもしろい」と、かえって話題になり、札幌限定のグルメ雑誌に取り上げられたりするのだから不思議なものだ。

もちろん『マジックアワー』のパフェは、美味《おい》しい。すこぶるつきだ。

しかもバーという名前の通り、各種リキュールも取りそろえていてカクテルも飲める。

さらに『マジックアワー』は、タイプの違う美男子が三人で営業している。

レトロな外観で味がある隠《かく》れ家《が》的店舗。頬《ほお》が落ちるようなスイーツ。美形な男性店員。深夜営業で、繁華街すすきのからも徒歩圏内。

繁盛する要素はすべて整っている。

結果として、深夜労働で疲れ果てた『マジックアワー』の店員たちは、明け方から日没まで、毎日、ぐっすりと眠り込む。昼夜逆転生活がすっかり板についている。が――理由《わけ》あって彼らと同居している高萩音斗は、昼夜を逆転させるのは無理だ。なぜなら音斗は、中学生だからだ。

この春に中学に入学したばかりの十三歳男子である。

朝には学校にいかねばならないのだ。

ガタゴトと音をさせて路面電車が通ると、建て付けの悪い家屋が、かすかに震えた。

冴《さ》え冴《ざ》えとした透明な蒼い空を窓越しに眺め、日が暮れるのを確認してから、音斗は、そっとカーテンを閉める。

ここからがフユたちの出番だ。ハルと、ナツと、フユという名前を持つ、三人の男たち。偽名くさいが、当人たちは本名だと言い張っている。アキがいないのは「商《あきな》い」に引っかけているらしい。

「商売をするのにちょうどいいから」と、冗談みたいな言い方で笑っていた。

音斗は、宿題のプリントをやっていた手を止めて、二階へと狭い階段を上がっていく。音斗の茶色いねこっ毛が、ふわふわと揺れる。肌理《きめ》の細かい白い肌に、べっこう飴の色をした目。整った容貌と小柄でおとなしい物腰ゆえに、よく女の子に間違われる。

音斗はドアを開け、遮光カーテンでがっちりと日光を遮《さえぎ》った寝室に足を踏み入れた。

どっしりとした造りの観音《かんのん》開きの民芸調箪笥《たんす》が壁の一面を覆《おお》っている。その向かいの壁に沿って大きな千両箱、そして部屋の中央には人ひとりが入れる大きさの立方体の木箱が置いてある。

てんでばらばらなインテリアだ。

というより、インテリア以前の室内だ。階下にあるレトロで雰囲気のある店舗とは裏腹に、居住部分は混沌に満ちている。

「みんな、夜だよ」

背中でドアを閉め、音斗が、大声で言った。

まだ声変わり前の、細い、子どもの声だ。

「起きて。夜がはじまるよ」

千両箱のなかから「うーん」という低い声が聞こえ——すーっと内側から蓋《ふた》が持

ち上がる。

白い手が蓋を押し上げ――。

『マジックアワー』の、夜が、はじまる。

1

ハルとナツとフユの三人がやって来たのは、一通の電報が届いた後だった。

ガッテンショウチ
3ガツ21ニチ　ヨル　ザイタクデヨロシク

カクレザト　シンセキ　ヨリ

春の雪は、ぽてりと重い。
その日、高萩音斗《たかはぎおと》は、窓ガラスに顔をくっつけて外を見ていた。呼気で白くくもったガラスを手のひらできゅっと拭《ぬぐ》う。

雲に覆《おお》われた暮れゆく空は、青みがかった灰色をしていた。

雪の降る午後の札幌《さっぽろ》。マンションの最上階から見下ろす街並みは、春はまだ遠いとでもいうように、きんと冷えている。溶けかけた雪の塊《かたまり》が、道ばたで、銀色の光を弾《はじ》いていた。

「ねえ、お父さん、お母さん、その人って今日来るんだよね？　夜に来るって言ってたけど、僕が寝る前には来てくれるのかな」

額を窓ガラスに押しつける。冷たい感触が心地いい。

雲を柔らかく指でひきちぎったみたいな春の雪が、音斗の目の前のガラスに吸いついた。綺麗な結晶の形が貼りつき、ゆっくりと溶けていく。

――三月二十一日、夕暮れ時。

今夜、家にいるようにと遠い親戚から電報が来たのは、一週間ほど前のことだ。

小学校の卒業式も無事に終わった。

音斗は、これからの中学校生活に向けて、期待と不安とで胸がどきどきしていた。

そんなときに「隠《かく》れ里《ざと》の親戚」から、電報が届いたのだ。

中学での新しい生活への「波打ち際《ぎわ》」にぼんやりと立つ音斗にとって、その電報は、寄せては返す波の、第一波のように思えた。

それは、違う世界の波だった。

いままでと違う毎日がはじまる気がした。

いままでと違う自分になれる気がした。

「うーん。どうかしらね。そもそも人が来るのか、それとも物が届くのかもわからないのよね。在宅でよろしくっていう電報が届いたきりだから。なにせ問い合わせようにも電話も通じないんですものね」

母の高萩歌江《うたえ》が困ったような声で言う。

「そうだよな。ものすごい山の奥だといったって、いまどき電話のない村があるなんて、信じられない話だよ。こちらからは手紙でしか連絡できないって、最初に教えられたとき、耳を疑った」

父の高萩勇作《ゆうさく》が歌江に同意する。

「おばあちゃんの話によると、山を下りて、車でずっと走ったら駐在所があって、そこの電話を借りてるんですって。もうずっとそういう暮らしをしているから、それで困らないらしいって言われても……」

そこまで言って「やっぱり、あんな手紙を送るべきじゃなかったのかしら」と、小声でつぶやいた。

思わず音斗は振り返る。

「そんなことないよ。だって――ずっとずっと『言い伝え』られてきたんでしょう？　一族のなかに髪と目が茶色で肌も白くって身体《からだ》が弱くて、よく気絶したり、熱を出す子が生まれたら、遠い親戚の住む『隠れ里』に連絡するようにって。そうしたら子どもが元気になる方法を、教えてもらえるって！」

音斗は――身体が弱い。

しかも、どこがどう弱いとか、悪い箇所があるという類《たぐい》の弱さではないのだ。いくつもの検査をした結果、これという病名はつかないというお墨付きをもらっている。強《し》いてあげるなら貧血気味というくらいだ。

なのに、しょっちゅう倒れて、発熱する。

夏の体育の授業ではてきめんだ。グラウンドをちょっと走ったら、いきなり視界が真っ暗になり、気づいたら病院のベッドだった。走りだして三歩くらいでバタリと倒れ、救急車で運ばれて大騒ぎだったと後で聞いた。運動会もまともに出られたことがないし、登山遠足なんてもってのほかだ。

病名がついているなら治療方法を探すこともできる。でも音斗は、虚弱なだけで一応、健康体なのだ。

運動に向いていないないだけだと言われたけれど、でも常時パタパタとあちこちで倒れているうちに、先生も、友だちも、なにかといえば「大丈夫？」と音斗に聞くようになった。もちろん、親もだ。

物心ついたときには、そうだった。

無理は禁物とみんなが言う。優しくしてくれる。特別扱いの別枠で、いつも静かに屋内で過ごすのが常だ。

——でも、僕、知ってる。

同じクラスの男子たちが、音斗のことを影では「ドミノ」と呼んでいることを。

思い返して、音斗は唇を噛《か》みしめる。

ドミノ倒しのドミノだ。ドミノが実際はどんなゲームなのかを、音斗たちは知らない。だから音斗たちにとってのドミノは、倒すためだけにひたすら並べていく牌《パイ》でしかない。

そのあだ名を聞いたとき、はじめはとても悔《くや》しくて悲しかった。次に「だけど仕方ないよな」と思った。だって音斗は本当に、毎日のようにパタパタと倒れつづけている。担任の先生は、音斗に聞かれているのも知らずに「高萩ってドミノみたい」と言った男子の言葉に噴《ふ》きだした。まるで「うまいことを言う」と感心するみたいな笑い方だった。

そのとき音斗は、放課後の教室に忘れ物を取りに戻ろうとしていた。開いた戸口から聞こえてきた会話と笑い声が、音斗の立つ廊下まで大きく響いていた。

音斗の上靴の底が廊下にぴたりと貼りついたみたいになって、動けなくなる。

万が一にでもいま倒れてしまったら恥ずかしいなと思った。廊下でバタリと音がしてみんなが出てきたとき、音斗が倒れていたら「やっぱりドミノだ」と笑われる。

そんなの格好悪い。つらい。

だから音斗はいつも以上にそーっと、そーっと、足を持ち上げ、そろそろと後ずさって、教室から離れた。窓の外、グラウンドで誰かが遊んでいる。放課後の学校の空気は、煮えたぎってからゆっくりと冷めていった、たくさんの具材が底に沈むスープみたい。

火を入れれば一気に中身が踊りまわり、沸騰し、ときに溢《あふ》れて零《こぼ》れる。

みんなの気持ちに着火してはいけない。そーっと静かに過ごすことが肝心。

もちろんできるものなら、音斗は、ドミノじゃない自分になりたかった。そうはいっても、音斗は、その後もひたすらにパタパタと倒れつづけた。

だったら仕方ない。

音斗は、ドミノだ。ドミノでしかない。

「でもね、おばあちゃんですら、そういえばそんな話があったわねっていう程度の『言い伝え』だから。ひいおばあちゃんの形見分けで、押し入れの奥にしまってあった手紙を見つけなかったら、思いだしもしなかったような親戚の話よ」

去年の夏に、曾祖母《そうそぼ》が亡くなった。百一歳の大往生だった。年末に遺品を整理して、音斗の祖父母は、古い手紙と、書き付けの束を見つけた。そこにはなかなか読めないような達筆で『子孫にもしも頭髪目肌の色素の薄い虚弱な子どもが生まれたときは道東の隠れ里に住まう遠縁の親族を必ず頼るべし。さすればその子どもは健《すこ》やかになり長生きできる』という言葉と、連絡先が記されていたのだという。

聞いたこともない住所だったが、調べてみると、たしかにその村は現存していた。

嘘のような話だが「字隠れ里」という村名なのだ。隠れているようで、ちっとも隠れていない。

話を聞いた音斗の両親は、考えに考えて、隠れ里の親族に「虚弱な体質の子どもがいる親族です」と手紙を書いた。

手紙を出した当初は、両親ともに「もしかしたら」と期待を持っていたのだと思う。しかし日にちが経過するにつれ、自分たちがすがっているのは頼りない一本の藁《わら》なんじゃないのかなと思う気持ちが強まっているようだった。

それは音斗も同じだ。

魔法みたいな、奇跡みたいな、すごい言い伝えだと思って――もしかしたら自分も強くなれるんじゃないかと希望を抱いて――。

けれど『ガッテンショウチ』という、脱力するような電報の文字を見て「あれ？」と首を傾《かし》げ、『カクレザト　シンセキ　ヨリ』という表記をしげしげと眺めているうちに、期待しすぎちゃいけないなと、浮《うわ》ついた気持ちが萎《しぼ》みはじめた。

下手に期待を持つと、裏切られたときにひどくがっかりする。

だからみんなで、少しずつ、いましめあっている。

それでも指定された二十一日当日——普段は働いている勇作は会社を半休して午後から家に戻っていた。歌江も今日は朝からそわそわと落ち着かないでいる。もちろん音斗もだ。

「だいたい『隠れ里』って地名がまず問題よね。冗談みたいよね」

「冗談だったら子孫に伝えろなんて書き置きしないと思う」

音斗が言うと、勇作が、小声で「だけど母さんの親戚だからな」と言った。

歌江の実家と親族は——ちょっとだけ一般的な感覚とずれていると、勇作はたまにぼやく。歌江とその実家の祖父母を見慣れている音斗にとっては、なにがどうずれているかは、正直、よくはわからない。ただ、勇作の実家の厳格な雰囲気とは違い、歌江の里はいつでもにぎやかで、騒々しい。

勇作は「そんな歌江さんだから好きになったんだよ」と、いつも笑って、音斗に言っていた。

それでも——互いの実家の折り合いの悪さは子どもの音斗にもひしひしと伝わっている。特に最近は、音斗の健康状態を「歌江がもっと厳しく躾《しつ》けなかったから」とか「歌江の料理が悪いのでは」と、音斗がいる前ですら義父母が嫌みを言うので、歌江は若干、ノイローゼ気味にもなっていた。

勇作をぎろりと睨《にら》んでから近づいてきた歌江が、音斗の額にひゅっと手を当てる。

「音斗、熱があるんじゃない？」

「大丈夫」

言った途端、間の悪いことに「けほっ」と小さな咳《せき》が出た。

——ここで咳《せ》き込むなんて。

音斗は、心配そうな顔つきの歌江を見上げる。

「ほら、大丈夫じゃないわよ。窓際は寒いのかしら。もう外はいいからカーテン閉めてこっちに来て。中学の入学式、風邪で欠席なんてしたくないでしょう？」

有無を言わさず音斗を引っ張っていくので、仕方なく音斗はカーテンを閉めようとした。

ちらっと窓の向こうを見ると——。

宅配便のトラックが道に停まる。車から降りてきた宅配業者が、トラックの後ろのドアを開けた。男性ふたりがかりで、すごく大きな荷物を運びだす。

「お父さん、お母さん、宅配の人が来た。人が来ないなら荷物かもしれないんだよね？　あの宅配便、うちかな？　うちじゃないのかな？」

弾《はず》んだ声で言ったそのすぐ後で、高萩家のインタフォンが鳴った。


目を見張るような巨体の宅配のお兄さんたちふたりが、次から次へと音斗たちの部屋に荷物を運び入れる。

運ばれたのは四つの荷物だった。ひとつは厳重に梱包された民芸風の簞笥だ。つづいて、やはりどっしりとした風合いの年季物の巨大な千両箱。さらに、簞笥でも千両箱でもない、大きな木箱がふたつ、届けられた。

「簞笥と千両箱と木箱のなかの小さいひとつは、家のなかで一番日当たりの悪い部屋に入れてくださいって言われてるんですよ」

「日当たりの悪い部屋？　客間かしら」

荷物が大きすぎるので、ドアから入れられるかとか、壁を傷つけないようにとか、何処《どこ》に置けばいいかの確認などで両親ともに慌《あわ》ただしい。

「他のひとつも直射日光には要注意で、風通しのいいところで保管してくださいとのことです」

「風通しのいいところというと、リビング、リビング？」

巨大な木箱をどしどしと運び込まれ、リビングは途端に窮屈な空間になった。

「ええと、受け取りのサインをここに願いします。あとこれ、取り扱い説明書です。荷物を開ける前に必ず見てくださいっていう手紙を渡されてます。どうぞ」

勇作がサインをしている姿をなんとなく眺めていた音斗は、違和感を覚え、目を瞬《しばたた》かせる。

――牛のマーク？

宅配業者の人たちの制服の胸元についているのはどう見ても「牛」だった。猫でもカンガルーでもなく、白黒ツートンの柄《がら》を持つ乳牛のマークなのである。

勇作も歌江も、荷物と手紙を気にしていて、宅配業者の胸元のマークのことなんて気にかけていない。

「牛？」

もちろん音斗の言葉も気に留めなかった。

力仕事をしたのは宅配業者の人たちだけだったが、両親は指示を出しているだけで、どっと疲れてしまったようだ。

簞笥だの千両箱だの木箱だの——いつも暮らしている部屋に、自分たちの意図しない非日常が紛れ込んでいる。心臓がとくとくと鳴って、変な感じがする。

「さて」

「開けてみますか」

両親が意を決したように、そう言った。

みんなで、宅配業者に渡された取り扱い説明書をあらためて読み直しはじめる。ひとつひとつ確認するように音読をする。

「簞笥と千両箱と小さな木箱は家のなかで一番、日の差さない部屋に置くこと。梱包材を外し、蓋《ふた》は開けずに夜まで待つこと。もうひとつの大きな木箱はすぐに開けてよし。なかには牛がいるので長旅を労《いたわ》り、草と水を差し上げるべし。夜になればすべてわかる。詳しい説明はそのときまで待つべし」

途中までは宅配業者の人たちが言っていたことそのままだったが、四行目くらいで、音読する勇作の声がとまどうようなものに変わっていった。

「牛？」

「牛ね。そう。わかったわ。ちょっと梱包を解いてみましょう」

「待て、歌江さん。本当に牛が出てきたらどうするんだ？」

「長旅を労って、草と水をあげるといいんじゃないのかな。そう書いてあるし」

さっさと梱包を解こうと木箱に向かう歌江のかわりに、音斗が勇作の問いかけに答えてみる。

「音斗、手紙に書いてあるからこそ問題なんだ。牛なんて送ってこられても。……って、おい。歌江さんっ」

「大きなほうの木箱っていうと——リビングに置いていってもらったこれね」

制止する勇作に、歌江は「どっちにしたってずっとここに置いておくのは邪魔じゃない。開けなくちゃ」ときっぱりと告げた。どこか鬼気迫るものがある。

「あなたのお義母《かあ》さん、ふいうちでうちに来るんですもの。そのときにこんな木箱があったら、怒られるわ。掃除ひとつできないのかとか、いったいなんでこんなものを買ったのかって。あなた、お義母さんに説明できる？　私の遠い親戚から送られたって言ったら、そこでまたひと揉《も》めあるのよ」

たしかに、大人が何人も入ることができそうな木箱である。存在感がありすぎるし、邪魔だ。義母に問いつめられたら、辟易《へきえき》するに違いない。

「わかったよ。じゃあ俺が開けるから、歌江さんは下がってなさい」

とうとう勇作が嘆息してそう言い、釘抜きや、ペンチを持ってきた。木箱に手をかけて、めきめきと上部の蓋部分の木を引き剝《は》がしていく。

『もう～』

低く、地響きのような鳴き声がした。

上の木材を取っ払う。仕掛けのあるおもちゃの建造物のように、天井部分が外れると、四辺の、壁になっていた木材がぱたりと倒れた。

なかから現れたのは、一頭の牛である。

「お父さん……牛」

「牛だな」

見たまんまのことを家族みんなでつぶやいた。輪唱の歌みたいに「牛だ」と三人して、二回ずつくり返す。それ以外の言葉が出てこなかった。

白黒ツートンカラーのホルスタイン種の雌牛が、ゆっくりと目を瞬かせた。

音斗たちを順繰りに眺めてから、牛は、音斗へとすっと身体を寄せる。

間近で見る牛の顔は、思っていたよりずっと大きい。牛の顔の大きさなんて、いままで想像しようとしたことなんてなかったが。

「わ……」

片足を後ろに引いて後ずさりかけた音斗の、頬のところを牛がぺろりと舐《な》める。ぺたっと冷たい感触がして「ひゃー」と変な声が出た。至近距離で牛と目が合った。

――優しい目。

そう感じたとき――なんでだろうか、ふっと、力が抜けた。

見返してくる目は、生き物の目だった。生きて、好奇心を持って、こちらを見つめる目。音斗が牛のことをちょっと怖いと思っているように、牛もまた音斗のことを、ちょっと怖いかもと身構えているような気がしたのだ。

牛の目って、穏和で、綺麗なんだなと思った。黒目がちで、キラキラしている。

音斗の頬を舐めた後は、今度は鼻をひくひくとうごめかせ、ふんふんと音斗の全身を嗅《か》いできた。くすぐったくて、自然と笑い声が出た。音斗の笑い声を聞いて、牛が、撫《な》でていいよと言うように音斗の目の前に頭を下げた。ちょうどいい位置にきた牛の頭をそっと触る。

あたたかい。

温もりが伝わると、ほっとした。

心地よさげにピクピクと動く耳が、可愛《かわい》らしいと思う。撫ではじめたら、手を離すことができなくなった。滑らかで、手のひらに吸いつくみたいな毛の感触が気持ちいい。何度も何度も撫でていたら、歌江も音斗の横に腰を屈《かが》め、牛に触れた。

「よく見ると、牛って可愛いわね」

にこにこと言う。歌江は、あらゆる出来事に順応力が高いのだ。そしてたぶんそこが、勇作の親にとっては不可解で、不満なのだ。

「牛か。だったら木箱に詰めてたらかわいそうだから、出してよかったのかな。生き物を箱詰めで放置はちょっとな。歌江さん、手紙に書いてたように、牛に水と草を差し上げて。……差し上げるって、なんで敬語なんだ？　大切な牛なのかな」

勇作がなにかを諦めた声で言う。

歌江は「そうね。水ね」と、水を汲《く》むために台所へと向かったのだった。

即座に、牛をどうしたらいいのか、手紙を参考にして、家族会議が行われた。

ここはペット可物件である。

かといって牛がペットかというと、たぶんたいていの人は牛をペットとはみなさないだろう。たとえ大家が良しとしても、マンションの各部屋の所有者たちによって構成される「管理組合」のみんなが、高萩家で牛を飼うことを認めないに違いないと、勇作が言った。

「今夜は寒いから、牛と過ごそう。牛もいきなり外に出されると迷惑だろうからね。牛の処遇は明日考えることにしよう。水はいいとして、草なんてないから、買いにいかなくちゃならない。牧草はどこに行けばあるんだ？」

勇作はひとりで頭を抱え、あたふたとしていた。歌江は「牧草にこだわらなくても、キャベツとか白菜でもいいんじゃないの？　それより牛のトイレはどうしたらいいのかしらね」と、別な問題で頭を抱えていた。

とにかく——牛のための買い物をしてくるから、音斗は留守番をしているようにと告げ、両親は部屋を出ていった。

残ったのは、牛と、音斗である。

音斗は、宅配業者に渡された手紙を片手に、牛の顔を眺めた。

「夜まで待ったら、なにが起きるの？」

牛はなにも答えない。

そうだよな、牛は答えたりしないよなと、音斗は牛の頭を撫でて、胴体も撫でてから、簞笥や千両箱が運び込まれた客間へと向かう。音斗が歩きだすと、雌牛が顔を上げ、音斗の後ろをついてきた。

ドアを開けると、室内は真っ暗だった。

宅配便が届いたときはまだ夕刻だったのに——宅配の荷物を何処に置いてもらうか検討したり、木箱から出てきた牛に慌てたりしているうちに、いつのまにかすっかり夜になっていたのだ。

開いたドアの隙間から、暗い室内に、細長い三角の形で廊下の光が差し込んでいる。

簞笥と千両箱と木箱が、部屋の中央に無秩序に集められて置かれていた。その三つの塊の影が、見慣れた部屋を未知の光景に変えていた。

——ちょっと、怖い。

平地に突如《とつじょ》、出現した、ジャングルみたいに感じられた。鬱蒼《うっそう》とした森と同じような、奇妙な威圧感と神秘性が、三つの大きな荷物の影から発せられていた。

けれどその、ひっそりとしたささやかな恐怖が、音斗の気持ちを刺激する。この三つの荷物の中身は絶対にすごいものに違いない。この箪笥と、千両箱と、木箱からは「牛以上のなにか」が出てくるに違いないのだ。

覗《のぞ》き込んだ音斗の背中を、雌牛がツンと鼻先でつつく。

「なに？」

早く入れというようにツンツンとつつかれ、音斗は部屋にそっと足を踏み入れる。

両親がこの場にいたら「なにが入っているかわからないし、危ないから、音斗は後ろにいなさい」と音斗を引き止めるだろう。

荷物の様子を眺めるのなら、両親が留守のいまのうちだった。

廊下より、客間のほうが室温が低かった。この部屋の暖房だけ、入れていないのだろうか。ひやっとした空気に、うなじに鳥肌が立つ。

音斗は、わくわくと荷物に近づき、周囲を回った。洞窟で迷った人が壁に片手をつけて歩くみたいに、荷物の端っこをつかみ、手紙を握りしめた指を滑らせて歩く。

「ねえ、牛？　なにが起きるのかな。僕は丈夫になれるのかな」

知らず、音斗は口に出していた。それだけ音斗は今回の「遠い親戚からの手助け」に心の奥底で期待していたのだろう。

「あのね、牛。僕――お医者さんに、二十歳《はたち》まで生きてられないかもしれないって言われてるんだって。僕が直接言われたわけじゃないけど、そう言われたって、夜中にお母さんが、お父さんとふたりでこっそりと泣いててね」

口に出したら、音斗は、その話を誰かに聞いてもらいたかったんだなと、わかった。小学校三年生くらいのことだったろうか。眠れない夜に、水が飲みたくて寝室からリビングに行ったら、まだ起きていた両親が音斗の話をひそめた声でしていた。泣いていた。

原因不明の虚弱体質で、あの子は二十歳まで生きられないかもしれない。大人になれないのかもしれない。

少しだけ開いたドアの隙間から漏《も》れ出てきた両親の声が、音斗の胸を締めつけた。

二十歳まで生きられないかもという話もショックだったが――それ以上につらかったのは、音斗の虚弱さが、両親をあんなふうに深夜にふたりぼっちで泣かせてしまったという事実のほうだった。

音斗が元気でさえあれば、なにもかもがうまくいくように思える。音斗が丈夫だったら、歌江は、勇作の両親に嫌みを言われたりしない。そうしたら歌江は、いまみたいにときどき険《けん》のある顔になって勇作を詰《なじ》ったりしない。学校でだって友だちができて、先生にも認められる。すべては自分の身体が弱いせいだ。

牛はのっそりと立って、きょとんとして音斗を見返していた。大きい身体に、優しい目。「ぶもっ」と相づちのように鳴く。短いけれど、響き渡る鳴き声。

「牛は、いいなあ。とても強そうだ」

たいていの小中学生男子にとって「強いことは正義」だ。しかも音斗は、弱い自分にもう心底嫌気が差してきていた。「強くて大きい」はなにもかもを圧倒する正義に見える。牛は、音斗から見たら、とてつもなくかっこいい。

と——。

千両箱の蓋がガタガタと内側から叩かれ、揺れた。

「わ————っ」

音斗は思わず叫び、後ずさった。くるっと振り返り、逃げようとしたのに、牛が目の前に立ちはだかって、部屋から逃げられない。

しかも、ちょっとだけ開いているドアの向こうから——別な牛二頭が、大きな顔をにゅっと覗かせていた。

——牛が増えてる？

どこからどうなって牛が増殖したのかわからない。

ドアの隙間に縦二列になって頭だけ突っ込んで、牛がこちらを見ている。こんなときでなければ、笑ってしまったに違いない光景だ。

自分の家のなかで、牛に阻《はば》まれて逃げられないとは、どういうことだ？

そうしているあいだにも、音斗の背後で三つの荷物がガタガタと異音を発していた。なかに入っているなにかが、内側から出てこようとしている音がして——見ないほうがいいのかもしれないと思いながらも、音斗は後ろを振り返った。

音斗が凝視したタイミングで——バタンと千両箱の蓋が開く。

人間、本当に驚いたときは、悲鳴が出ないこともあるらしい。ひっと息を呑み、音斗は、弾かれたように跳《は》ね上がって床に落ちた蓋と、蓋の外れた千両箱とを交互に見た。

千両箱のなかから、にょきっと手がのびる。白くて、長い指が箱の縁をつかみ、つづいて、ゆっくりとひとりの男が姿を現した。

頭から足下に血がざーっと音をたてて下がっていくような気がした。

いっそこのまま気絶したくなるくらいに、怖い。

——人!?

宅配便のなかに、人間が入っていたというのか?

千両箱のなかから、男がのびあがる。

音斗と、男の目が合った。

「ん? 俺を起こしたのは、おまえか?」

ぐーんと背筋をのばし、準備運動みたいに手足をゆらゆらと動かした男が、驚いて固まっている音斗を見て首を傾げた。

——綺麗……。

そんな場面じゃないというのに、音斗は、男に見とれて目を瞬かせる。恐怖と驚愕で強《こわ》ばっていた口元が、ポカンと緩《ゆる》んだ。

薄暗い部屋のなか、ちょうど男の立つ場所に、廊下からの光がスポットライトみたいに零れ落ちていた。

男は、音斗がこれまでに見たうちで、間違いなく、一番の美貌の主だった。白皙《はくせき》の端整な面差《おもざ》し。弓なりに整った眉の下、切れ長の双眸《そうぼう》がぎらりと蒼《あお》く光っている。高い鼻梁《びりょう》に、酷薄《こくはく》そうな薄い唇。ストレートの長い銀色の髪を、後ろでゆるくひとつに束ねている。

ズルズルのスウェット上下で、ふわっとあくびをし、だらしなく腹のあたりを掻《か》いていても、見目麗《うるわ》しいのだからたいしたものだ。

美麗なシルエットは、神さまが自分の目を楽しませるためだけに作った彫像のようだ。

音斗がなにも答えられないでいたら——男がひたと音斗を見つめ、つぶやいた。

「おお、無事だったか、お母さん」

「えええええ!?」

断じて音斗は母ではないがと目を丸くし、絶句していると——男が千両箱を長い足でひょいとまたいで、すたすたと音斗のほうへと歩いてくる。

男の、いかにも体温の低そうな白い手がすーっと近づき——ぴくんと身をすくめた音斗を素通りし、音斗の側《そば》にいた牛にひしっとしがみついた。

「お母さん、つらくなかったか？　俺はあんな木箱に母さんを閉じ込めるのは反対したのに、村の奴らが、ダンボールじゃ壊れちゃうし、檻《おり》だと家に入る前に牛だってわかって揉めるかもってうるさくてさ〜」

――この牛が、この男の人の母親⁉

雌牛が満足そうに目を細め、男に撫でられている。

いや、まさかと脳内でひとりで突っ込んだ。きっとこの雌牛は「お母さん」という名前なのだ。それならば納得できる。

呆然としていると、今度は、木箱の蓋がドタンと開いた。

ばね仕掛けみたいになかなから飛び出てきたのは、小柄な少年だ。金色に近い茶髪の巻き毛に、鳶色《とびいろ》の瞳。小さな顔といい、華奢《きゃしゃ》な体躯《たいく》といい、人形めいて見える。

「あ。それ、僕たちが送った宅配便の取り扱い説明書だね。読んだ？」

ジャンプして勢いよく木箱から出て音斗の前に立った少年が、音斗の握りしめていた手紙に目を留めて笑いかける。

「え……、うん」

驚きと緊張で、ワントーン高い声が出た。甲高くひっくり返った声が恥ずかしくて音斗は顔を赤らめる。でも、箱から出てきた少年は、そんな音斗の様子を気にも留めない。

目を白黒させる音斗の横で、千両箱から出てきた男が牛の口元に耳を近づけ「うんうん。そっか。なるほど」と首肯《しゅこう》している。

――牛語を理解している⁉

いや、まさか。まさか、だよな。音斗の頭のなかでくるくると同じ言葉が回転している。さっきからその言葉しか出てこない。

銀髪の男は、牛から手を放すと、音斗を見て告げた。

「なるほど。その髪に、目。どうやらおまえが俺たちに手紙をくれた、高萩音斗くんのようだな」

「あー、そうなんだ？　音斗くん？　起こしてくれてありがとう。はじめまして。僕たちは隠れ里から派遣された、きみの遠い親戚です。僕がハル。推定年齢十九歳。隠れ里では超有名な天才科学者で、マイブームはゴム駆動の機械作りです」

音斗の手を握ったままで、少年が顔を覗き込んで言う。ゴム駆動の機械作りって、なんだ？

「そして俺が、フユだ」

銀髪の男がざっと音斗の全身を一瞥《いちべつ》し、つづける。

「そそそ。でね、フユはだいたい二十八歳ってことになってる。隠れ里でもその名を轟《とどろ》かせるほどの守銭奴《しゅせんど》で小銭にうるさいケチな奴だ」

「――金は俺のことを裏切らないからな！」

ハルによるひどい紹介を、否定もせずにフユは深くうなずき、あまつさえ補足した。金以外のなにに、どんな裏切られ方をしてきたのかと過去を問いたくなるようなかたくなな目をしている。

「で、あとひとりがナツ。……ナツ、夜だよ」

ハルが音斗を箪笥へと引っ張る。ハルの手はひやっとしている。音斗はまた発熱しているのかもしれない。そのハルの指先の冷たさが妙に心地よい。

ハルが箪笥の扉を勢いよく開ける。

「……眠い」

箪笥のなかで、金色の鬣《たてがみ》みたいな髪を持つ男が大きな身体を縮めて眠り、低くつぶやいた。目を閉じた横顔は精悍《せいかん》で、異国のコインの模様みたいだった。

「眠いのはわかるけど、夜だよ」

ハルは、歌江が音斗を「朝よ」と起こすときの口調で「夜だよ」と言う。ハルが男の肩を軽く揺すぶると、男は、猛獣みたいな大きなあくびをして、顔を上げる。

それからぼんやりとした目で室内を見渡し、音斗のところで視線を停止させると、顔いっぱいで笑った。

「ナツ、この子が音斗くんだよ。高萩音斗くん。僕たちの遠い親戚だ」

「おお……そうか」

やっと焦点が合った目になり、ライオンみたいな金髪の男ナツが、簞笥のなかでぬっと立ち上がり——頭をぶつけて「ひ〜」と声を上げて、またしゃがみ込む。

「大丈夫ですか?」

いつまでも立ち上がらないから心配になって声をかけた。

ナツがやっと顔を上げ、頭の上に手をかかげ、びくびくした様子で簞笥から抜け出る。なんだかやたらに身長が高い。手足が長い。

その分、手足の使い方に困惑しているような、不器用さを感じさせる動作だった。

ナツは音斗を見下ろして立つと「ちっちゃい」としみじみとつぶやく。

――そりゃあ、この人に比べたら僕は小さいだろうけど。

たしかに音斗は、学校で背の順で並ぶと男女すべてでいつも先頭だ。体育で「前へならえ」の姿勢を取ったことがない。ならうべき「前」がいたことがないから、いつも腰に手を当てた姿勢しか取れないのだ。ひそかにそれも音斗のコンプレックスのひとつである。

牛に話しかけていた男は冴え冴えとした美貌で、音斗の手を握る少年は人形みたいな中性的な魅力があり、箪笥から出現した男のほうには視線が自然と引き寄せられるような磁力があった。

「ナツだよ。ナツは二十七歳にした。フユが、三人のなかでは自分が年上であるべきって言い張るから、ナツの年は無理やり二十七歳。ナツはこう見えて、脱いだらすごい筋肉質で、力持ち」

さっきから「推定」とか「くらい」とか、年齢が曖昧なのが気にかかる。が、その前に登場の仕方からして突っ込みどころが多すぎて、どこから手をつけたらいいのかわからない。

「自己紹介終了～。あ、あとね、そこにいるのは牛だ」

みんなを見守る牛たちをさっと指さしてハルが言う。

「さて――どこかまだ説明が必要かな？」

「必要だよ……」

「え？　ひととおり懇切丁寧に伝えたと思う。ごめん、どこから説明が必要？」

ハルが怪訝《けげん》そうな顔で聞いてきた。

「どこからって、全部だよっ」

音斗は、思わず、大声を出していた。

どこからって――なにもかもだよ。すべてを説明されないと、わけがわからなくて、頭と心が爆発しそうだった。

三十分後――大量の猫草や野菜にペットシーツを抱えて戻ってきた両親は、リビングに突如増殖した雄牛二頭と三名の美男子たちに度肝を抜かれた。先に適応したのは歌江で、歌江が「まあお茶でも」といそいそとキッチンに立つのを見て、勇作の態度も徐々に軟化していった。

牛たちはリビングの片隅で思い思いの姿でくつろいでいる。

増えた二頭の牛については両親が出た後であらたに運び込まれたのだとフユが告げた。嘘なのに、フユがパチンと器用にウィンクして目配せするから、音斗は思わずその嘘を告発しそびれた。牛が自然と増えたと両親に告げることで、不思議な男たちが、この家から出ていってしまいそうで怖かった。

音斗は彼らにここにいて欲しかった。音斗のことを丈夫にしてくれる魔法をかけてもらいたかった。こんな奇妙な人たちなら、絶対に奇跡を起こしてくれるに違いないじゃないか。

「音斗は、私にもお父さんにも、似てるようで似てないなーってずっと不思議だったけど……遠い親戚に似ていたのね。こうして並べると、ハルさんと、音斗って、よく似てる」

「歌江さんの親戚が外国の人だなんて聞いてなかったなあ」

「だって私も知らなかったもの」

驚愕というのは一定量を超えると、圧縮されるものらしい。音斗も両親も、奇妙な宅配便と牛とで、今日のぶんの驚きは使い尽くしていた。あとから千両箱と他の箱から現れた男たちについては「ここまで驚いたんだから、なにがあってもおかしくない」というように、ぎゅっと圧《お》し縮め、動揺する気持ちをコンパクトに畳んでしまっていた。歌江がよく使う布団圧縮袋並みに、びっくりするという感情が薄くなっている。

「遠い親戚ですし、いままでお会いしたこともなかったですからね」

フユが言う。

一番饒舌《じょうぜつ》なのはハルだが、一番しっかりして、すべてを引き締めているのはフユのようである。

フユたちは、お茶もコーヒーも断り牛乳をリクエストした。なので三名の男たちの前には牛乳の注がれたグラスが置いてある。

「最初にお聞きしておきますが、音斗くん、天気のいい日より、薄暗い日のほうが身体、楽じゃないか？　あと、確実に赤ちゃんのときから夜型だったんじゃないかと思うんだ」

「うん。僕、天気がいいときに、日に当たりすぎると倒れちゃう」

「そうだな。言われてみれば、音斗は、昼はこんこんと寝て、夜になると起きる赤ちゃんでしたね。この子は夜鷹《よだか》だと、実家に行くと祖父母に嘆《なげ》かれてました」

勇作と歌江がうなずきあう。

「そして音斗くんは牛乳や乳製品が好きですすよね。あと、デリケートな問題なので恐縮ですが、母乳で育てましたか？」

「え、ええ。音斗、牛乳はたくさん飲むわね。それに母乳で育てました」

「やっぱり。それからもしかしたらニンニクが苦手では？」

「どうかしら。音斗は食が細いから。好きなもののほうが少ないのよね」

歌江が眉をひそめる。

「あ、そうなのかも。そういえば、僕、ニンニクの匂いがあんまり強いと具合が悪くなってた」

音斗はハッとして言う。

「音斗は、子どもが好きそうな料理が苦手よね。和食ばかりリクエストされるし、ちょっと高いレストランに行くといつも顔色が悪くなるのは……あれはニンニクが駄目だったってこと？」

歌江も思い当たることが多いのか、そう言った。

「なんだよ。歌江さん、気づけなかったのかい？」

「だって音斗、ニンニクは嫌いだって言ってくれたことなかったもの。どれもこれも苦手だから、特にニンニクだけが駄目だって気づけなかったわ。……私、やっぱりお義母さんに言われるように母親失格かしら」

歌江の肩の力がなくなり、みるみるうなだれていく。

「いや、歌江さんはいい母親だよ。大丈夫だ。なあ、音斗？」

「うん。お母さん、いいお母さんだよ」

ふたりで歌江を宥《なだ》めたが、歌江は真剣に考え込み、反省している。

「親子関係の問題や、母として云々《うんぬん》ということについては、俺たちの話が終わってからゆっくりやってください」

しかしフユは状況を読まず音斗たちの会話に切り込んだ。

「だいたいわかりました。決まりです。結論から言います。音斗くんは、俺たちと同じ吸血鬼の末裔《まつえい》です」

「は？」

親子三人の声がそろった。いま吸血鬼って言いましたか？

「大丈夫です。生き血を飲むような野蛮な真似《まね》はしませんから。生き血なんてあんな、熱処理もしていない生ものを飲んで、お腹を壊さないそんながさつな吸血鬼たちと俺たちは違います。俺たちはちゃんと高温殺菌をした牛乳を飲んでます。文明人ですから」

さっと片手を出して、澄ました顔でフユが言う。

「牛乳？　ですか？」

「血液と母乳とは成分がほとんど同じなんです。日本にやってきた吸血鬼の一族のうち、俺たち『隠れ里』の一族は血ではなく母乳を飲んで成長し、進化しました。うちの村から外に出て人と交わった者の子孫のなかに、まれに先祖返りをする者がいるんです。昔は、そういう子が出たら『隠れ里』に引き取って、俺たちで育てることになってました」

「そんな無茶な。牛乳を飲む吸血鬼って。――もう、歌江さんの親戚はこれだから。私たちは音斗のために真剣なんだ。冗談を言ってもらっちゃ困ります」

勇作が本気で怒りだす。こめかみを引《ひ》き攣《つ》らせフユたちを睨《にら》みつけている。

「冗談じゃありません。では、わかってもらうために、こうしましょう。太郎坊《たろうぼう》、次郎坊《じろうぼう》」

　フユが呼びかけると、雄牛が二頭、立ち上がり、フユの側にやって来た。

「牛は俺たちにとっての『遣い魔《つかま》』です。野蛮な旧時代の吸血鬼ですと猫とかコウモリを遣い魔にしてますが――俺たちは文明人なので違う」

　フユがパンッと両手を鳴らした。

　すると――二頭の牛が「うおおおおお」と吠えた。吠えて、リビングのカーペットを前足で猛烈に引っ掻いた。

「きみたちっ。ふざけるのもたいがい……に……」

　ソファから立ち上がった勇作の勢いが途中で窄《すぼ》まる。

　なぜならば――牛の背中に一直線の漆黒の切れ目が生まれたからだ。カッターと定規でつけたような直線がピッと割れる。割れたなかから、太い腕が突き出て――着ぐるみの背中のファスナーをはずすかのように、雄牛のなかから男が出てきた。

「……さっきの、牛のマークの宅配便屋さん！」

　音斗は驚いて声を上げた。いかつく筋肉質で巨大な男がふたり、足下に「牛の皮」を脱ぎ捨て、立っている。拾い上げた牛皮をくるくると手で巻いて、着込んだツナギの内側にしまいながら「どうも～」「さきほどはお世話になりました～」と愛想を振りまき「イヒヒ」と笑った。

勇作が自分の頰《ほお》を必死に両手で叩いていた。歌江は顔を何度も擦《こす》った。音斗は目を瞬かせた。そして三人で顔を見合わせた。

糸の切れた人形みたいにストンとソファに腰を落とした勇作が、フユたちから守るように音斗と歌江を自分へと引き寄せる。

「牛の着ぐるみ？」

「じゃなく、遣い魔です。牛から人に、人から牛に、変身します」

ものすごい美貌の主のフユに凶悪な顔をしてきっぱりと言い切られ、迫力負けして両親がのけぞった。それでも歌江は音斗を抱きしめていたし――勇作は片手を咄《とっ》嗟《さ》に前に出し、音斗と歌江をフユからかばった。

――怖いよ。

音斗の想像していたのとは違う親族がやってきた。魔法のような親族を望んでいたけれど、魔族がやってきた。どうしてこうなった？

「俺たちがどうしてこうなったのかは、知りません。でもそれは人間だって同じです。クロマニヨン人からホモサピエンスに、どうして、どうなって進化したのかをあなたたちは知らないでしょう？　俺たちはいつのまにか牛乳を飲む吸血鬼に進化を遂げ、牛を遣い魔にし、北海道の山奥の『隠れ里』で酪農を営んで、昼は寝て、夜になったら起きだして、そーっと生きていた」

「そそそそ。僕たちも昼、原則的に起きてられないんですよ。夜にしか出歩けない身体なんです。太陽光を浴びると焦《こ》げて死んじゃうんで！」

ハルが嬉しげに言う。ちっとも嬉しい内容じゃないのに。

「え……でも音斗は昼に学校に行ってますよ？」

「あ、それ、僕も同じです。僕、昼でも歩けます。純血種じゃなくって遺伝要素が残ってる遠い子孫で、音斗くんに近しい立場なんで！　昔『なんの働きもできないで倒れてばかりの無駄飯喰《ぐ》らい』って言われて、『隠れ里』に捨てられちゃっていまに至ります。そしたら『隠れ里』の生活って快適すぎて〜。箱的なものに引きこもり最高っ。おうちでネットしてゲームしてごろごろして過ごす。昼夜逆転！　健康的人間的な生活反対！　音斗くんが倒れるとしたらそれは昼に出歩くからですよ！」

聞いた途端、音斗は息を呑んだ。夜にしか出歩けない身体？　体質的に？　昼に学校に行ってはいけない？　じゃあどうやって毎日を暮らしていけばいいんだ？　引きこもれと？

目の前が真っ暗になって、目眩《めまい》がした。

牛乳を飲む吸血鬼の末裔？　虚弱なだけで、健康には問題がなく病名がつかないって——生まれたときからずっといくつもの検査をされて、医者にそう言われたはずなのに、どういうことだ？

「じゃあ音斗は学校に行けないっていうの。そんな」

歌江が絶句する。勇作が「歌江さん、驚くところは他にあるよ」とそっと歌江の服を引いた。が、歌江がキッと勇作を睨みつけ「この際、この人たちが何者だっていいのよ。だって私たちがこの人たちに手紙を出したのは、音斗の身体を丈夫にしてくれるからだったでしょう？」と強い口調で言う。

「おかしいじゃない。吸血鬼って言ったら、不死身なんでしょう。じゃあ音斗はどうして身体がこんなに弱いの？　私が……私が悪いのね。私が母親失格だから」

いきなり歌江が泣き崩れる。

「歌江さん……」

勇作がおろおろと歌江を抱きしめ「大丈夫だから。歌江さんのせいじゃないから」と声をかけた。

「え〜、仕方ないじゃない。なっちゃったんだからさ」

ハルが暢気《のんき》に言う。

「き……きみ……」

勇作が非難の目をハルに向ける。いいから黙って、やり過ごしてくれと願う顔だった。しかしハルは気にも止めない。

「誰のせいかなんてどうでもいいよ。なっちゃったものにどう適応していくかが大事でしょう？　そのために僕たちが呼ばれたんだよね。音斗くんがちゃんと学校に行けて、丈夫になれるような方法を教えるために！」

両手で顔を覆っていた歌江が、ぐしぐしと鼻水をすすりながら、顔を上げた。

「音斗は……丈夫になるんですか？」

「なれますよ」

フユとナツとハルが同時に強くうなずいた。

「……な、長生きできますか。私たちより長生きできますか？」

歌江の喉《のど》がコクリと鳴った。祈るみたいな言い方で尋ねる。勇作もハッとしてフユたちに視線を戻す。

瞬間、音斗の胸が、痛んだ。どれほど自分が心配をかけているのかが、両親の必死な目でわかってしまって、つらくなる。

「できますよ。たぶん嫌になるくらい。だって俺たちは原則として不死身です。それもあって昔から俺たちは『隠れ』て暮らしてた。夜しか出歩けない人間ってだけで化け物扱いされるのに、不死身でもあるんですから。周囲との軋轢《あつれき》を避けるために、自分たちの里を作って引きこもって暮らしてました。たまに遺伝子が暴れだして、遠い親戚に俺らと似た身体的特徴の出た奴がいると、そいつらも『隠れ里』に連れてきていた」

「つまり音斗を『隠れ里』に行かせろと？」

勇作がキッと目をつり上げる。

「いや、待って、待って。フユが言ってるのは、あくまでも、昔なら、ですって。

自分らの村を『隠れ里』って言ってたら、気づいたら村名として『字《あざ》隠れ里』ってつけられちゃって地図に載るご時世ですよ〜。いつ『こんな珍名の村が北海道に』ってテレビ取材が来るかオチオチしてられないっていうか。僕たちもう隠れられないんですよ。静かにひっそりと暮らしてけないの！」

ハルが身を乗りだして熱く語りだす。

「え⁉」

「このままだと僕らの山まで電話線とか電線きちゃうんですよ。各社のケータイのアンテナ立てられちゃう。いや、それは個人的には超絶嬉しいんですけど〜。いままでみたいに野良《のら》電波を引っ張ってネットしようとしたり、いちいち別な村まで下りてって動画見たりしなくてもいいし、それって僕にしたら天国なんですけど〜」

「ハル……」

フユがこほんと慎《つつ》ましい咳払いをした。でもハルの前のめりの角度がさらに深くなる。活き活きとして語りだす。

「僕たち、ゴム駆動の自動車とか蒸気式計算機使ってるんですよ。いくら僕が天才でもさ、僕らの村だけで独自の発展してたら、ネット動画で『チョ、隠れ里、デラワロス』ってされちゃう危険性大！　そういえば最近、地底人動画が流行《はや》ってるじゃないですか。札幌地下街に住んでて、地下鉄の線路平気で歩いてるっていうやつ。見ました？」

「え……知りません」

「あのノリで、僕たちも有名になるのもいいのかなーなんて」

「よくない。ハル、よくないぞっ。俺たちは別に有名にならなくていいんだっ」

フユが大声を出した。

その間――ナツはというと、ただひたすら無言で、明るい笑みを浮かべて座っている。しゃべりすぎるハルもハルだが、沈黙を守りつづけるナツもナツだ。

フユは深いため息を漏らしてから、あらためて顔を上げ、口を開く。

「で、脱線した話を元に戻しますと――まず、音斗くんについては、いまの段階では明言できませんが、学校には行けるはずです。だっていままで昼に外に出られてたんですよね？　受け継いだこの体質の発現には個体差があるから。ちなみに俺は無理ですが、さっきも言ったようにハルは、実は昼も出歩けます。でも疲れるとすぐ倒れちゃうんで、今回は大事をとって木箱に入ってきました」

「そうなんだよ〜。全員が変な移動の仕方して驚かせてごめんね。僕だけなら、電車かバスで来られたんだけど、途中で倒れる可能性も高くて。それに僕だけじゃ、説明とか、こっちでの生活とかいろいろと不安だって村のみんなが言うんだよね。ひどいよね？　僕、天才なのにね？」

小首を傾げ、ぷっと頬を膨《ふく》らませるハルを、音斗は目を丸くして凝視した。天才とか、移動方法はこの際、置いておいて——すぐに倒れる仲間がこんなところにいる⁉　吸血鬼だけど。

——というか、つまり僕は本当に吸血鬼の末裔なの？

いまひとつまだ本気にはできなかった。だっておかしいじゃないか。音斗の思い描く吸血鬼という魔物と、音斗自身との共通項なんてひとつとしてない。

「必要なところだけかいつまみます。音斗くんはいままでどおりに通学していただけると思います」

フユがハルを制して、言う。

「それに、もはや時代が変わってしまったので、俺たちも『隠れ里』ごといまの日本に混じり合わないといけないって、村の会議で決めたんですよ。こちらの事情ですが。外に出て、普通の暮らしをみんなが体験しないとって。うちは酪農家が多いんですが、北海道の酪農は衰退する一方ですし」

「はあ……」

酪農をする吸血鬼の一族。聞けば聞くだけ脱力するし、本気にとれない。

「流通方法の検討もしていて、俺たちネット販売にも力を入れていこうと思ってるんです。でも、その一本だけだと弱いんですよね。二兎《と》も三兎も同時に追ったほうがいいって話になっているんです。このままだと村がつぶれるんじゃないか、誰かが代表して外に出て稼いでこなくてはって話にもなってて。ちょうどそのタイミングで、高萩さんからお便りをいただいて——渡りに船だったたっていうか」

フユが背筋をのばし、音斗と、両親を見た。

「というわけで、俺たち出稼ぎに来ました。新しい風をうちの村に起こします。そのついでにでという言い方をしたら悪いんですが、音斗くんの生活についてのアドバイスもできると思います」

それまで黙っていたナツ、さらに牛男の太郎坊と次郎坊が頭を下げる。くつろいでいた雌牛までもがよろよろと立ち上がり「もう〜」と凄《すご》みのある低音の鳴き声をあげた。

牛の鳴き声に、勇作と歌江は目を丸くし、ソファの上で同時にぴょんと跳ねあがったのだった。

2

音斗《おと》は、その後の細かいやり取りの詳細を知らない。

両親はそれぞれの実家と、母方の親戚に何度も連絡を取って、さらには私立探偵も雇い入れて『隠れ里《かくれざと》』のことを調べたようだった。

そして——音斗の両親は、音斗をフユたちに預けることを拒否した。

フユたちを自分の家に受け入れることも拒否した。

吸血鬼の末裔《まつえい》だと言い張る人たちに大切な音斗をまかせてなどいられない。得体が知れない。

なにより猛反対したのが父方の祖父母だった。そんな常識外れなことを言う親族を引き入れた歌江《うたえ》が諸悪の根源として糾弾《きゅうだん》され、家庭内が著《いちじる》しく険悪になり——。

入学式の後で——それぞれの家の祖父母がやってきて音斗を祝ってくれたのに、みんなが帰ると、音斗の両親はぷいっと互いにそっぽを向き、勇作《ゆうさく》は「外で飲んでくる」と出かけた。歌江は寝室に行って眠りについた。

さんざんな一日だった。

トゲトゲした空気が、呼吸をする度に音斗の胃袋に入り込み、音斗はなにも食べないままで食事を終えた。もともと音斗は小食だったから、祖父母も両親も音斗に無理強《むりじ》いはしなかった。

——あんなに仲が良かったのに、僕のせいで家族がバラバラになっちゃった。

だから——音斗は、スーツケースひとつに当面必要なものを詰め、家を出た。

家出だ。

行く当ては、ひとつ。

音斗の家をかき回して去っていった「吸血鬼」たちの新居だ。牛のマークをつけた宅配便の人が渡した伝票には送り主の電話番号が記されていた。両親が捨てたそれをこっそり探し、親や祖父母が『隠れ里』を調べたり、揉《も》めたりしている最中に内緒で電話をかけた。あちこちたらい回しにはされたが、最終的にフユたちの新居に辿《たど》りついた。

——僕、本当に吸血鬼の先祖返りなのかもしれない。

言われて意識して以降、音斗は、夜になると活力が漲《みなぎ》る気がしてならない。

家出の夜――半分の月が空の半ばに引っかかって、荷物を入れたスーツケースをコロコロと転がす音斗を照らしていた。中学からは素晴らしい日々がはじまるのではと思っていたのに、坂道を転がり落ちるみたいになにもかもが悪くなっていく。ため息が零《こぼ》れる。

教えられた住所は、電車通りに近い商店街の外れだった。中央区を横断してまたぐ商店街の五丁目までは店しか並んでいないが、六丁目をこえると、まばらに民家やビルや空き地が入り交じっている。

音斗の家からさして遠くないのがありがたい。けれどそこが不安でもあった。すぐに両親に見つけられてしまいそう。

音斗を待っていたのか、フユが、家の外に立っている。

銀色の長い髪を後ろで緩《ゆる》く束ねた長身を目がけて歩いていく。

近づくと、フユが目を細め、音斗を見た。

「本当に、来たんだ」

「はい」

「いきなりだよな。今夜行きますからお願いしますって。親と喧嘩《けんか》でもしたのか？」

音斗は答えなかった。喧嘩をしているのは両親だったり、両親と祖父母だったりで、音斗はどの争いにも巻き込まれていない。それがなにより不満だった。すべての争いの原因は音斗なのに、音斗の意見は、誰も聞いてくれやしない。

喧嘩させる種子《たね》としてだけ自分が存在しているなんて、そんな「在り方」は嫌だ。嫌だと感じていることを大人たちは誰も気づいてくれていない。

「おまえの親は、過保護だけど、いい親だよな」

音斗はハッとしてフユを見上げる。

「親父《おやじ》さん、俺たちと最初に会ったときも、おまえたちになにかあったら守らなきゃって、無意識に身体《からだ》張っちゃったりしてさ。おまえのおふくろさんも、咄嗟《とっさ》におまえのこと抱き寄せたりしててさ」

フユの口調は、音斗の両親がいるときより、くだけていた。友だち同士のような言い方で、音斗の親のことを誉められることで、胸の奥が、柔らかく、ぎゅっと絞《しぼ》られたような心地になる。

そんなことは音斗だって知っている。音斗の両親は、優しい。いまはちょっとぎくしゃくしているだけで――本当はもっとずっと居心地のいい家だった。そうだったのに。

「……うん。僕、フユさんたちにいろいろ教えてもらいたい。それで、元気になって、倒れなくなってから家に帰りたい。そうしたらみんなが幸せになると思う」

フユの目を見上げ、ひとつひとつの言葉を噛《か》みしめるようにして言った。

フユの手が、音斗の髪の毛をくしゃっとかき回す。フユは美形だが、目つきはとことん悪い。なのに頭を撫《な》でる手の動きは、目つきと相反して、絶妙に優しかった。こんなところで、そんなに親しくない相手に頭を撫でられるなんてと我に返って照れくさくなる寸前で、フユの手が離れていく。

「僕、家出してきたんだ」

「なるほど。スーツケース見たときに、そんな気がしてた。いいぞ。男の子は一度は家出をするもんだ」

「え、そうなの？」

フユの唇の端に笑いが刻《きざ》まれる。そして扉を開け、音斗の肩に手を置いて「まあ、なかで話を聞いてやるよ。うちに泊まる気だったんだろ？」と音斗を家へと招き入れた。

追い返されなくてホッとする。

「あれ……お店？」

入ってすぐにあるのは玄関だと思っていたら——なかは店になっていた。

縦長に区切られた狭い空間に、二人掛けテーブル席がふたつと四人掛りの席がひとつ。長いカウンター。カウンターの向こうに扉がある。

「そう。『パフェバー　マジックアワー』だ。安い物件を買い叩いて、みんなで一週間で一階を店舗に改築した。もともと俺はこっちで店をやるつもりで、資金も持ってきたから」

「そうなの？」

「俺たちだって、自分の食い扶持《くぶち》を稼いでかないとならないからね。酪農以外の方法を模索するために出稼ぎに来たんだし。営業は明日から」

驚いて、周囲を見回す。

黒と茶を基調にした店内のインテリアは、シックで、暗い。鈴蘭《すずらん》みたいな形の照明が天井から下がっている。

「パフェバーって？」

フユの後ろを歩きながら、尋ねた。カウンターの上に『パフェバー　マジックアワー』という看板が置いてある。看板は手作りの作りたてみたいで、ペンキの色がツヤツヤとして明るい。

「深夜営業しかできないからバーにした。でもパフェも欠かせないからな」

「欠かせないの？」

カウンターのなかに入り、奥の扉を開けると——すぐに厨房《ちゆうぼう》だ。

「そんなこともわからないのか。生クリームとアイスは牛乳でできている。牛乳は命の源《みなもと》だ。おまえに教えるべきは、まずはそこからだな」

ふんっと鼻息を荒くしてフユが言う。

厨房では、ナツが大きな体でせっせと生クリームを泡立てていた。ボールに泡立て器を叩きつけるようにカシャカシャと音を立て、回している。ボールも泡立て器もいまにも壊れそうなくらいに力ずくだった。

ナツが視線だけ音斗に向け、小さく頭を下げる。

ナツの横で、ハルが笑っている。

「そう。だからさ～、前にも言ったじゃん。牛乳と血液って、基本の成分はほとんど同じなんだよね。牛乳飲んでたら、血になるから大丈夫」

フユの言葉の後をハルがつづけ、その傍《かたわ》らに立つ雌牛のお母さんが「も～」と鳴いた。当たり前のように牛がいる。だから厨房がやたらに狭く感じられる。

「あ、牛」

「牛じゃない。お母さんだ」

フユが言う。

雌牛の「お母さん」が音斗にそっと近づき、音斗の手をぺろりと舐《な》めた。くすぐったくて、笑う。

——でも、この牛も遣《つか》い魔《ま》なの？

だったら雌牛の皮を脱ぎ捨て、なかから「お母さん」が出てくるのだろうか。目の前の牛は、綺麗な目で音斗を見返している。「お母さん」と口のなかでその言葉を転がすと、胸のなかでなにかが固く強《こわ》ばった。歌江は音斗が家出したことに気づいただろうか。勇作はお酒を飲んでそこからうちに帰ってきただろうか。

「家出してきたんだってさ、今夜は音斗くんはうちに泊まりだ。ハル、音斗くんにうちの作法を教えてやってくれ」

「音斗くん、家出したんだ？　男には秘密と冒険が必要だもんね。よくやった！」

ハルが音斗の手をつかむ。ハルの動きはいつも俊敏で、唐突だ。

「荷物はこれだけ？」

そう言って、ひょいと音斗の手からスーツケースを取った。

「あ……の」

学校の勉強道具と制服に辞書まで入っているからかなり重たいのに、ハルは楽々とスーツケースを持ち上げた。音斗はこのスーツケースを片手で持ち上げることができなくて、コロコロと転がして運んできたのだ。スタスタと歩くハルの背中を、音斗は驚いて見つめる。

――僕と同じによく倒れるって言ってたのに？

びっくりして――次に、音斗のなかに希望が湧《わ》いた。フユやナツくらいの長身だったり、立派な体格の男たちじゃなく、華奢《きゃしゃ》で細身で小柄のハルが、なにげない顔で重たいスーツケースを持ち運んでくれたことに勇気づけられる。

もしかしたら音斗も、数年後には、これくらいの力持ちにはなれているかもしれないじゃないか。いまはクラスのたいていの女の子よりも低いけれど、せめてハルくらいまでは背丈がのびるかも？

——やっぱり僕、この人たちと暮らしたい。

胡散臭《うさんくさ》いとは思うし、酪農で食べている吸血鬼なんて変だと思う。けれどそれと、これとは、別だった。ドミノじゃないものになれるなら、それが牧歌的吸血鬼でもいいじゃないか。むしろ牧歌的吸血鬼上等だ。強くなれるなら、なんでもいい。結果が、欲しい。

音斗が強くなれたら、両親と祖父母の喧嘩も終わる気がする。

厨房の向こうにつながるのは食卓テーブルがあるリビングともダイニングともつかない部屋だった。一階の一部を店舗に改築した割をくって、半端な形になったのだろう。食器棚にテレビにテーブルと、あるものを全部詰め込んだ生活感のある部屋だ。

扉を開けると廊下があった。

「こっちがトイレ。それからあっちが風呂場で、突き当たりが裏口」

ハルは早口で歌うように話しながら、扉を次々に開け放し、電気を灯《とも》して、突き進んでいく。

「はい、裏口までは見たね。じゃ、戻って。階段上って二階が寝室。タイミングよかったよ。僕、新品の木箱が欲しくていくつか取り寄せたばかりだったんだよね」

聞いているだけで、息が切れそうだ。相づちを打つ暇もない。

階段を上りきって向かって右側の部屋のドアを開ける。

暗い部屋のなかに、いくつもの箱が置いてある。この部屋の電気は、つけなかった。しんと静かな室内に、蓋《ふた》の開いた木箱が並んでいるのは異様な光景だった。

「どの木箱がいい？」

ハルが音斗のスーツケースを部屋に運び入れ、音斗を振り返る。

薄い闇のなか、ハルの目がキラキラと光って見えた。夜行性の獣の目みたいに、くるりと丸く、光を灯している。

「どれって言われても」

音斗は、たじろいで、並ぶ木箱を呆然として見る。

「僕たち、日光の射さない箱に閉じこもって昼寝をするんだ。日差しが苦手だから。最悪、焦《こ》げて死ぬしね。音斗くんはたぶん先祖の血が薄いから、焦げないでやってけてるし、僕も昼のお出かけできるタイプなんだけどさ。――好きな箱を選んで」

にこにこと言われるが――好きも嫌いも、ない。どの木箱も、木箱だ。

「あ……もしかして、音斗くんにもこだわりがあるのかな。ナツは箪笥《たんす》がいいって言い張ってるし、フユはとにかく千両箱派で特注なんだよね。あれ、サイズだけじゃなく、内側から開けられるようにって蝶番《ちょうつがい》はフェイクなんだ。音斗くんにもなにかしら、こういう箱がいいという好みが……」

「いや、ないけど」

箱に好みは、ない。

そもそも箱に入って眠りたいという欲求が、ないのだ。

「そっか。試さないとわかんないよね。じゃ、スタンダードな木箱じゃなくて、箪笥とか千両箱いっとく？　違うものから試してみると、意外と自分は箪笥いけるかもとか、木箱派かもとか、そんな好みがわかったりするしー？　当面は木箱しかないんだけどさ。違うの試すだけ試すか。家出ってことはしばらくいるんだよね」

音斗の手をハルがぐっと引いて、もうひとつの部屋へと連れていく。

たいそうな決意で家出をしたのに、ものすごく軽い扱いだ。しかもいままでの生活で言われなかったようなことを、次々と言われて、軽くパニックになる。

次の部屋は、先にとおされた部屋より、さらにずっと暗かった。黒という色には、濃いも薄いもたいした差はないのだと思っていたのに——闇には濃度があるのだと知る。

「どっちがいい？　マニアックなのはやっぱり千両箱だと思うんだよね〜。村でも、千両箱を特注したのはフユだけだしさ」

どこかウキウキとした口調でハルが言い、千両箱の側に屈《かが》み込んで蓋を外した。

好奇心にかられ、音斗は、開いた千両箱のなかを覗《のぞ》き込む。

「え……と。なんか……お金が詰まってる……けど」

宅配便として届けられたときにフユがそこに入り込んでいた千両箱の底には、みっしりと札束と小銭とが敷き詰められていた。目で見ている光景がいまひとつ理解できず、傍《かたわ》らにいるハルを見る。

——でも千両箱っていうからには、お金が入ってるほうが普通だよね。

だったらこれでいいのか。

……いいのか？

「うん。詰まってるね。いやー、噂では聞いてたけど、実際に見たら、びっくりするわー。フユってマジで千両箱にお金詰めて寝てたんだ。札束を布団にしたいとか、札束をバスタブに詰めてお金風呂にしたいとか、たまにそういう夢を持ってますって人がいる話聞くけど……いや、こんなんしてる奴が実際にいるとかっ。ヤバ。写メっとこ」

ハルがハーフパンツのポケットからスマホのようなものを取りだし――千両箱の中身を激写する。形状はともかく、外付けにねじがついているので「ようなもの」としか、言えない。

――アクセサリーかな。まさかネジ式のスマホなんて、ないだろうし。

音斗は、嬉々として札束が敷かれた千両箱の写真を撮るハルを、引き気味で凝視する。

「あれ？　ハルさん、いままでこの中身見たことなかったの？」

ふと気づいて、尋ねる。

「そう。フユがかたくなに隠して、絶対に中身見るなよってすごい勢いで怒るから、いままで見たことなくてさあ……。いいもん見た。伝説の謎の大陸を発見した。歴史が動いた。うん。うわー、一円とか五円も混じってる。札だけじゃないところにフユの本気を感じるね」

ハルは千両箱のなかに手を差し入れ、チャリチャリと小銭を指先で弄《もてあそ》ぶ。

いつのものとも知れず、日本のものですらないようなコインも紛《まぎ》れている。

「フユさんがかたくなに隠してたって……それ、僕が見ていいの？」

なんだか嫌な予感がした。

ハルが笑顔で小銭と札とを掬《すく》ってはおとすチャリン……という音に紛れ、背後からけたたましい音が聞こえてきた。

階段を駆け上がってくる足音だ。

「ハルっ」

フユの怒鳴り声が、後ろで響く。

まずいと思って振り返る。

フユがドアのところで仁王立ちしていた。

ただでさえ目つきの悪い双眸《そうぼう》を、より一層、凶悪に輝かしている。目から光線が放射され、凍結されそうに、怖い。

「小銭の音がしたから、まさかと思って来てみたら」

「……フユ、五十メートル先で小銭が落ちた音でさえ聞き分けて、すぐに拾いにいけるっていう噂も本当だったんだね。厨房までお金の音が聞こえちゃった？」

しかしハルは、のほほんとそう言ってのけた。

「誰がどこでそんな謎の噂を流した。俺はただ、金を普通に大切にしているだけだ」

「えー、でも、千両箱にお金敷き詰めてるのに？　ここでずっと寝てるんでしょ？　フユのケチっぷりの証明じゃないか」

「ただのケチじゃない。それは俺が子どものときから——小さなときのお年玉からはじまってずっと貯めつづけたこの店の開業資金だっ。この金のおかげで、いま俺たちはここに住んでるんだろうがっ」

「だけどさ〜」

「だけどじゃない！　うちの村じゃ銀行の支店なんてないし、遠いから、こうやってまめに現金で貯めて……貯めつづけて……不安だから寝るときにも肌身離さずに大事に一緒の箱に寝てるのの、どこがケチだっ」

「どこって、全部がケチだと思うよ〜」

「ハルーっ」

ズカズカと近づいてきたフユがハルの耳をぎゅっとつまんで、捻《ひね》る。

「わー、痛い。痛いってば」

「金を粗末にするんじゃない。いいか。一円を笑うものは一円に泣く。泣くどころじゃないぞ。泣き叫ぶんだ。俺のっ、金にっ——触るなーっ」

顔をくしゃくしゃにして痛がっているハルがかわいそうで、音斗は勇気を出してフユに向かって声を上げる。

「ち、違うんです。ハルさんは僕に千両箱の寝心地を試してみるかって連れてきてくれて」

「寝心地？　あ、そうか。どの木箱がいいか選んでるのか。いいのあったか？」

フユがハルの耳から手を放した。「ひどいよ」と文句を言うハルを一瞥《いちべつ》してから、腕組みをして音斗を見る。

「それが……どれがいいっていうのもわからなくて」

「実際に入ってみるのが一番だ。俺はたまたま札束を敷き詰めてるが、なかにはクッションや毛布を入れてる奴もいるし、抱きまくらと寝てるのもいる。居心地は少しずつ改善していったらいい」

札束と抱きまくらとクッションが同列に語られている。平然としているから、突っ込みそびれた。

「寝やすい木箱を見つけたら、下に降りてこい。いまパフェの試作品作ってるところだから」

フユが言う。

「やったー。音斗くん、食べに降りよう」

ハルが音斗の手をまたもや握りしめ、さっと部屋を出ていく。背中で、フユが「ったく、ハルときたら」とつぶやいていた。


わからないなりに自分の木箱を選んだ音斗である。

一階に降りて厨房に入る。ナツが首を傾《かし》げて微笑《ほほえ》み、音斗の頭をわしわしっと撫でた。

「家出したのか。それは大変だな」

静かな口調でナツが言う。

――な、なに？

よく話してくれるハルや、優しさが垣間《かいま》見えるフユと違い、ナツの人となりがまだ見えない。

力がありすぎて撫で方が痛くて、首がすくんだ。

びくつくと、ナツがちょっと悲しい顔になって音斗から手を引いた。

「なんだよう。僕のことも撫でてよう」

ハルがナツと音斗のあいだに割って入る。

ナツが笑顔のまま、ハルの頭もわしわしと撫でる。

パフェに仕上げのトッピングをしていたフユが「ナツ」と呼ぶ。ナツはハルから離れ、手を「撫でる」形でフユへと近づいていった。

「ナツ、俺は撫でなくていい！」

ナツが悲しい顔をした。

「そうじゃなく、パフェを音斗くんとハルに持ってって」

ナツが「合点承知」と、実に渋い声で言ってから、綺麗に盛ったパフェとアイスを持ってきてくれた。

「試作品」

ぼそっとナツが言う。

──怖い顔。

ナツはキッときつく目をつり上げている。

険《けわ》しい顔つきに、怒っているのかとびくつく音斗だった。

が、なにかがおかしかった。

よく見ると、トレイを持つ腕がぷるぷると震えている。やたらにゆっくり歩いている。幼い子どもが、緊張のあまり「いっぱい、いっぱい」になって顔を強ばらせているときと、雰囲気が同じだ。

ぎくしゃくとした動きで音斗の前にパフェを置き、ナツはそこでやっと表情を緩めた。

ほうっという吐息まで聞こえた。

──あれ？　緊張してただけ？

ナツの目が音斗の目と合う。ぱっと顔いっぱいに笑顔が広がる。

もしかしたらナツは不器用で緊張しがちなタイプなのかもしれない。はじめて会ったとき、箪笥に頭をぶつけていたし。

「すごい」

生クリームとアイスと赤いシャーベットが、波打つ形の縞《しま》になっているパフェだ。こういう色合いの宝石をどこかで見た気がした。白と赤のウェービーなストライプ。上には苺《いちご》と、丸く形取ったシャーベット。

もうひとつのほうは、キンキンに冷えた金属のカップに山盛りにクリーム色のアイスが盛りつけられていた。小さな容器がいくつか添えられている。シロップなのかと指で容器をつまみあげて匂いを嗅《か》ぐと、得も言われぬいい香りが鼻腔《びこう》をくすぐる。

「ちょっと時季が早いけど、苺のパフェ。あとアイスは、クルミのリキュール添え。そのままで食べても美味《おい》しい。でもパフェバーだから、リキュールかけて食べるのも受けるだろうなって試作品……なんだけどさ」

フユがそこまで言って「ナツ、音斗くんは未成年。リキュールはいらない」とたしなめた。

「そうだった」

ナツが恥じ入るように、大きな身体を縮こまらせて、うなだれる。

いい匂いのするリキュールをフユに遠ざけられ、ちょっと残念な気持ちになる。でもお酒ならば、仕方ない。

パフェにスプーンを差し入れるのに、一瞬、ためらった。デコレートされた色合いが絶妙で、造形を壊してしまうのがもったいないように思えたのだ。けれど音斗の目の前で、同じパフェを用意されたハルが美味しそうに食べはじめているのを見て、音斗もスプーンで生クリームを掬いとって、口に入れた。

——春の味だ。

苺の甘酸っぱさとアイスが口のなかで蕩《とろ》けていく。

舌先でしゅっと溶けていく感覚と、しつこくない甘さが、後を引く。

「美味しい。ナツさんが作ったの？　すごい」

「生クリームを泡立てただけ」

恥じ入るように耳を赤らめ、ナツが目を伏せる。

「俺は力しかないから」

「え……」

　そんなことないよと言っていいのか――言わないほうがいいのか、言葉が出てこなかった。音斗はまだナツのことをよく知らない。

「力があれば充分だ。ナツが生クリーム泡立てたりシャーベットかき混ぜたりしてくれないと、俺じゃ翌日筋肉痛だからな。音斗くん――こっちのアイスには隠し味でほんのちょっとオレンジリキュールを入れている。そのほうがコクが出ると思うんだよな。俺やナツは、牛乳だけで生きてるから、味覚的にはハルと音斗くんの舌に従う。どう？」

「どうって……美味しいです」

「うん。美味しいよ。フユはなに作らせても上手《うま》いよね、ケチなくせに」

　先にぺろりとたいらげたハルがスプーンを咥《くわ》えてそう言い「あ……でも一気に食べたら頭がキンとする。痛い」と頭を抱えた。

「馬鹿め」

　フユが言う。

　罵倒の台詞《せりふ》だが、なんとなく心地いい響きがあった。

ハルが満足げに笑い、フユが吐息を漏《も》らし——ナツはただ、ただ、微笑んでいる。

音斗は、不思議なものを見る気持ちで、あらためて三人を見た。さらに、どう見ても異国の貴族みたいな風貌の三人の男たちと、古びているけれど清潔な室内を見渡した。

たとえば学校の宿題は、調べて、考えていったらどうにか解けると思えるのだ。でも、彼らのことは、自力ではどうやっても読み解けない気がした。

不思議で——だけど居心地がいい。

マジックアワー、か。そう思った。

「お店の名前は、魔法の時間？」

店名を直訳したらそうなるのだろう。その程度の英語なら、音斗でもわかる。

自分がいまここで座り、パフェとアイスを食べている時間も——魔法の時間だと思えた。これまでの音斗の現実と地つづきの世界ではなく、ひょいと違う地平へと足を踏み入れたような夢のような居心地の良さがあった。

——僕、ここでだったら本当に元気になれる気がするよ。

この家出は「当たり」じゃないだろうか。すごいものを引き当てた気がする。

「ああ――。マジックアワーってのは、夕暮れの、太陽が沈んでしまってから、完全な夜になるまでの時間のことをそう言うんだ。二十分くらいしか持続しない、そりゃあ綺麗な色をした空が見えるんだってさ」

「夕焼け？　赤い空の？」

「違う。蒼《あお》いんだよ」

フユがずっとずっと遠いなにか愛おしいものを探し求める目をして言った。蒼い目が、切なそうに震える。

「ブルーモーメントっていう言い方もする。昼でも夜でもない、昼と夜の狭間《はざま》の時間なんだ。俺はまだその空を見たことないし、きっと一生、直《じか》に見ることはないと思うんだ」

フユの言葉に、ナツがうなずく。ナツの双眸にも、フユと同じある種の渇望が浮かんでいた。

「それでもさ、俺がいつか店をやるなら、店の名前はそうしようと決めてた。昼に暮らしてるみんなと、夜しか起き上がれない俺たちとをつなぐ店だから」

それまで――親しみと居心地の良さのなかに、まだどこか遠いものを感じていた音斗の心の内側で、カチリと歯車が嚙み合った。心を組み立てている仕組みのひとつが、フユたちへの好意に向かい、緩やかに動く。

理屈じゃなかった。理屈じゃないからこそ、音斗の心の滑車が作動した。すぐに倒れてしまって、二十歳《はたち》まで生きられないかもと言われ——この世界の明るさに馴染《なじ》めずに、仮暮らしみたいな心地で育ってきていた音斗と、フユたちは、同じだった。すべてが同じなわけじゃないとしても「なにかが欠けている」という劣等感は、たぶん、同じだと思えた。

フユもナツもハルも、なんでも持ってる大人なんかじゃないのだ。欠けたものがあって、それを必死で補って、努力してきた人たちなのだ。そうじゃなければ出せないような声で、そうじゃなければ現せない表情を浮かべ、フユは『マジックアワー』というひとときを語った。

夜しか生きられない身体を抱え、フユたちは、昼の日差しへの憧れを胸に——『隠れ里』を出てきたのだ。千両箱に敷き詰めた資金は、子ども時代から貯めたお金だと言っていた。

——いいなあ。

フユとナツとハルは、自分たちの持っているいろんな力を出しあって、明日から店をはじめる。音斗は、それが羨《うらや》ましくて、まぶしいと思った。

音斗にも、彼らみたいに、なにかをはじめることができるだろうか？　新しい中学校で友だちを作って、勉強をして――。

「素敵な名前の店だね」

「だろう？」

フユが小さく笑う。

「僕、ここに家出してきてもいいよね？　迷惑かけちゃうけど」

「迷惑かけないからって言わないところが、音斗くんは正直だね」

フユが笑った。

3

音斗《おと》の新しい毎日がはじまった。

朝である。

ハルが朝の身支度《みじたく》をする音斗に活を入れる。

「勇気出せ。大丈夫」

「……ハルさん、僕、学校に行かないでここにいちゃ駄目かな」

「そんなこと言わずに勇気を出すんだ」

「学校に行ったら、家出の連絡がいってて、僕、おうちに戻されちゃうかも……」

「そうしたらまた家出してここに来たらいいだろ。いいから行こうよ～」

ハルが音斗の背中を軽く叩いた。

音斗は——登校の準備をさせられていた。

日焼け止めをせっせと塗り、紫外線対策の手袋をして、マスクにサングラスをつける。プラス、日傘を差せと言う。

もちろん音斗は抵抗した。

けれどハルは「だって僕もそうやってるし」と言うのだ。「倒れたいならそれでいい。倒れないで丈夫になりたいなら、日に当たる皮膚面積を極力小さくしてくしかないんだよ」と、ふわふわとした笑顔で言い切った。

フユもナツも夜明け前には「おやすみなさい」と言って千両箱と箪笥《たんす》に入って寝てしまっていた。マシンガントークでバネ仕掛けみたいにぴょんぴょんと勢いよく跳んで回るハル対音斗。そんなの、音斗が負けて、言いなりになるに決まっている。

「昼に外に出かけられる方法が、こんなんだって聞いてなかったよ。早くに言ってよ！」

「早くに言ったらなにか違ったの？」

「心構えが違ったよ！」

家のなかで、大きな鏡は洗面台の鏡だけだった。音斗はマスクとサングラスをして鏡の前に立つ。

ぶかぶかの、まだ身体《からだ》に馴染《なじ》んでいない学生服を着た中学生の、マスクとサングラス、ＵＶ加工手袋着用姿は変だった。

じっくりと眺め、ハルに渡された日傘をそっと開いて、差してみた。

より、変さが増した。

裏側が銀色に輝いている日傘だった。表は上品なクリーム色で、よく見ると可憐《かれん》な花と蝶の刺《し》繍《しゅう》が施《ほどこ》されていた。

顔の形に合わないのか、サングラスが自然にずるっと落下する。

ずれたサングラスの隙間からしげしげと鏡を見る。

——最悪だ。

「その日傘は裏側にＵＶ加工の銀色の裏貼りしてるから、かっこいいだろう？　布製じゃないから雨降っても使えるんで安心～」

ちっとも、かっこよくないしと、音斗は唇を噛《か》みしめる。

チビな変質者が鏡のなかでこちらを見ている。そうとしか見えない。

「ハルさん、僕、絶対に学校で友だちができないと思う。もうやだ」

泣きそうになって振り返ると、じっと音斗を見守っていたハルが「大丈夫だよ。コツを教えてあげるから」と、音斗の手から日傘を奪う。

「コツ？」

「僕が『隠《かく》れ里《ざと》』からたまに遠出して違う町に出かけたときに友だちを増やしてきた特別テクニックの日傘篇～。いい。これはね、後ろから声を掛けられて振り返ったときが鍵。僕のこと後ろから呼んで。いい？」

日傘を差してハルが音斗に背中を向ける。よくわからないまま、言われるままに「ハルさん」と声をかけた。

と――日傘がくるりっと回った。

ハルが、傘を回しながら、ゆっくりと振り返る。傘を後ろにずらすと、ハルの横顔がちらりと覗《のぞ》く。ハルは音斗ではなく、音斗の後ろを見つめてから、視線を自分の足下に落とす。

「なあに？」

そう言ってハルが小首を傾《かし》げ、視線を上げて音斗を見た。柔らかく細められた目。はにかむような、それでいて物問いたげな笑みが口元に刻《きざ》まれる。視線が釘付けになるような、愛らしさだ。

「ええと……」

「という感じに、傘をくるっと回しながら、ひらっと振り返って、ちょっと寂しげな視線で遠くを見てからうつむいて、ハッとして顔を上げて、ふわっと笑う。これでたいてい、みんな友だちになる。お茶とかご飯とかいろいろ奢《おご》ってくれちゃう！」

「それ……ハルさんだけの特殊方法だと思う」

きょとんとしたハルは、自分がどれほど美の神さまに愛されている造形なのかをもしかしたら自覚していないのかもしれない。

「そう？　そんなことないと思うけどな。コツは傘の回し方と、振り返るときはスローモーションで、あと顔の筋肉の使い方。笑顔の下二段活用。笑う、笑え、笑えば、笑えよ、笑え……」

早口で、嘘臭《うそくさ》い下二段活用を唱えつつ、ハルのそれぞれに違う笑顔を瞬時に浮かべて見せてくれた。女優かなにかですかという、表情の作りっぷりである。

「だって僕はサングラスとマスクで笑顔とか視線とか隠れて見えないし」

「そんなことないよ。サングラスが落ちかかってるから、音斗くんの目はよく見える」

よけいに情けない姿だし！

「じゃあ、別な方法に変更しよう〜。これは曇ってて日があまり差してないときに、日傘のみで対応する場合の下二段活用。サングラスとマスク着用時は、ツンデレ俺さまキャラでみんなの好奇心を煽《あお》って友だちゲットしよう」

ハルが日傘を掲げてまた背中を向ける。

「ゲットしようって。ハルさんてば……」

今度のハルも日傘をくるっと回した。ただし前回より少し勢いがある。振り返る速度も、少しだけ速い。完全に振り返ってから、日傘の位置を少しずらし、ツンと顎《あご》を上げ冷たい目つきで音斗を見返す。

「なに？　この僕を呼び止めるってことはもちろん相応の理由があるんだろうね？まさか普通の人間の分際で僕に声をかけるなんて命知らずじゃあるまいね。僕が興味があるのは吸血鬼、宇宙人、地底人、狼男といった類《たぐい》の連中だけさ。で、きみは、どれだい？」

もう駄目だと、音斗は思った。

ハルのアドバイスを聞き入れたら、音斗の輝かしい中学校生活は、薄暗いものへと変貌してしまうに違いない。

音斗は無言になる。

「これもけっこう効果あるんだけどなー。キャラ立ってるし！　さりげなく自己紹介的に『吸血鬼』っていうワードが入ってるでしょ？　でも音斗くんに不評なようなので、じゃあ第三案～」

ハルが新たな案を述べようとしたので、音斗は脱力し「もういいよ。もう、いいんだよ」と、うつむいた。

『マジックアワー』は商店街の外れにある。商店街のアーケードの上には屋根がついていて、外出時はできるだけ日差しを避けるべしという理由により、音斗は登下校は商店街のなかの道を歩くことを推奨された。

春の朝である。商店街のなかは、シャッターを上げていない店が多い。生鮮食品の商店や、電器屋に時計屋などといった古くからやっている店に、若者に向けた古着屋や雑貨屋、カフェといった店がパラパラと紛《まぎ》れ込んでいる。賑《にぎ》わうのは午前十時以降でいまは人通りが少ない。

通りを抜けるまでは、まだいい。

しかしそこから通勤のための人や、同じ中学に通う生徒たちの通り道になると——チラチラと音斗を見る視線が、気になりはじめる。

——そりゃあ、僕だって、こんな格好している中学生いたら見ちゃうもんな。

制服に日傘でサングラス、マスクである。花粉症のマスク姿の人たちよりさらにすごい。紫外線対策ばっちりの中学生が鞄《かばん》を持って歩く姿は、すぐに中学校と商店街のみんなの噂になるに違いない。

まさかこんな「新しい毎日」がはじまるとは思いもよらなかった。泣きたい。

音斗は自分の足下だけを見つめ歩いていた。ときどき、ずるっとサングラスが落ちてくるので、片手で押し上げる。くすくすという笑い声や、「なんだあれ」という声は無視する。聞こえないふり。

だから——背後からの声にも最初は気づかなかった。

「おはよう」

何度めかわからない声と同時に、音斗の肩を誰かがポンと叩く。ぎょっとして、振り返る。手にしていた日傘がくるりと回る。サングラスが音斗の鼻からずり落ちる。

「い、委員長？　おはよう」

一年三組——同じクラスの委員長、守田《もりた》曜子《ようこ》だ。

肩のあたりまでの黒髪に、横の部分を花のヘアピンで留めている。くるんとした大きな目に、フレームの大きな眼鏡《めがね》。頬《ほお》にまばらに散ったそばかすのあたりを、音斗の視線がさまよう。

予想外である。まさか女子に声をかけられるとは。

音斗は、跳ねた声で挨拶をする。

がそこで音斗の身体が強《こわ》ばってしまう。

——あれは……ハルさん？

守田の後ろ——電信柱の陰に、フリルつきの白い日傘がくるくると回っていた。様子を窺《うかが》うように佇《たたず》みこちらを見ているのは、どう考えてもハルだった。音斗と同じにサングラスにマスク日傘の男が、音斗から少し離れた後ろをこそこそとついてきていたのなら「なんだあれは」と注目されて当然だ。日傘男がふたりいる分、不審度が倍増しだ。

音斗が注目されていたのは、音斗だけのせいじゃなかった。

「高萩《たかはぎ》くん、もしかしてこれなにかの罰ゲーム？」

「え……」

守田が眼鏡をきゅっと片手で押し上げ、真顔で聞いてきた。音斗も同じように
きゅっとサングラスを指で上げる。

「高萩くんのその格好もアレだけど、同じような格好して、ずっと高萩くんの後ろをつけて歩いてるのは、高萩くんのお兄さん？　一緒の家から出てきてたし」

「委員長、家から見てたんだ……」

上《うわ》の空《そら》で答える。なぜなら電信柱の陰のハルが、謎の踊りを踊っているからだった。

――ひょっとしてハルさんが伝授してくれた「お友だち増加作戦」を決行せよっていう合図？

片手にぶら下げた大きめの紙袋を上下に振り、もう片方の手で日傘を猛烈に回している。行き交う人たちがみんなハルのことを「見ないふり」をして遠巻きにしている。

日常に、ひと目でわかる「異質なもの」が混じっていると怖い。遠巻きにするその気持ちはわかる。

「うん。私んち、同じ商店街だから。電器屋やってるの。『守田電器店』。こないだ引っ越してきてすぐに『マジックアワー』にお父さんが電化製品届けてたよ。あそこの空き家、パフェ屋さんになるんだってね」

「そ……うな……」

そうなんだ、と相づちを返そうとしたら――ハルが猛スピードでこちらに駆けてきた。逃げる暇もなかった。日傘を差したまま短距離走の選手みたいなフォームで走ってきたハルが、守田の腕を後ろからつかむ。

「な……」

強引に守田を振り向かせたハルが、サングラスを捨て去り、ツンと顎を持ち上げ、冷たい目をして言い放つ。

「音斗くんを呼び止めるってことはもちろん相応の理由があるんだろうね？　まさか普通の人間の分際で音斗くんに声をかけるなんて命知らずじゃあるまいね。音斗くんが興味があるのは吸血鬼、宇宙人、地底人、吸血鬼、狼男、殺人鬼といった類の連中だけさ。で、きみは、どれだい？」

吸血鬼と、二回、言った。吸血鬼アピールが半端ない。

そしてなぜか「殺人鬼」が増えていた。増やすなら「優しい人」とか「親切な人」とか、そういう項目を増やして欲しい。

「……どれでもないよっ」

口をポカンと開けた守田の代わりに、音斗が言い返した。

——もう、やだ。

音斗は耳まで熱くなる。このまま引き返して押し入れかどこかに閉じこもって、意味なく叫んだりしたくなった。そういえば、マジックアワーに戻れば引きこもるのにちょうどいい木箱が部屋にある。

「なんだよ。音斗くん、友だちいないとか、友だちできないかもって悩んでたから、勇気の一押しの手伝いに来たのに。不機嫌になるなよ。ところで、きみは誰？」

「……守田です。高萩くんと同じクラスで、あと同じ商店街に住んでます」

意外と守田は冷静で、ハルに順応している。

「音斗くん、やるな。すでにクラスメイトと知り合いだったとは。張り切って損した。走り疲れた」

ハルがじたばたと手を振りながら言った。日傘がびゅんびゅんと回転し、危ない。つづいて「ちょっと、きみ、僕のサングラス拾って」と守田に命じる。守田もあまりのことに抵抗もできず「あ、はい」と素直に、ハルが振り飛ばしたサングラスを拾いあげて手渡した。

「ありがとう。あ……危うく忘れるところだった。これ、どうぞ」

ハルはサングラスをかけてから、持っていた紙袋からチラシを取りだして守田へと差しだす。

なんだろうと覗き見すると――『パフェバー　マジックアワー』開店のお知らせというチラシだった。切り取って使える割引券もついている。

「じゃあ、僕はもううちに帰るから、音斗くんのことよろしくね」

小首を傾げ、ハルがきびすを返す。今度は自分からいろんな人に近づいて、チラシを押しつけている。

「ごめんなさい……」

思わず謝罪する音斗である。

うねって歩く迷惑なハルを見送っていた音斗は、しかし次の瞬間、さらなる問題を発見する。

「……お母さん」

「え？」

音斗の母親が、いた。歌江《うたえ》が、音斗の視線を避けるようにさっと物陰に隠れる。

——家出がばれて、つけられた？

「守田さん。行こうっ」

いつもはそんなに積極的じゃない。でも母に追いつかれる前に逃げなくてはと思い、気が急《せ》いて、守田の腕をつかむ。

「え、ああ、うん」

「僕たち、紫外線アレルギーなんだ。できるだけ太陽を浴びないほうがいいらしくて……体質的に。だからこんな格好で……それに、だから外にあまりいられないから急いで室内に行かないと」

「そ、そうなんだ」

突然、口ごもりだした守田を横目で見ると——身動きしてサングラスがずれ、クリアになった視界に、うつむいた守田の耳が映る。

守田の耳は、真っ赤になっていた。途端、音斗は、自分が守田の腕をつかんで引っ張っているという事実に「やっと」気づく。

知り合ったばかりの女子と、手をつないで（正確には腕をつかんでだけど）歩いてしまった！

「わ、ごめんなさい」

手を放すと、守田が無言でうなずく。赤くなった守田の耳を見ていたら、音斗の耳もつられたように熱くなる。指先にじわっと熱がこもる。

守田は小柄で、チビな音斗とでも並ぶ位置に耳がある。守田のちょっと尖《とが》った形の耳を見つめていると、音斗の心臓が、ばくばくと脈打つ。音斗はいままで駆けっこもしたことがなかったけれど、きっと走った後はこんなふうに心臓が脈打つに違いないと思う。

「高萩くん、兄弟して紫外線アレルギーって大変だね」

今度は音斗が無言でうなずいた。

ハルが兄じゃないという説明は、もう後回しでいい気がした。他に弁明しなくてはならないことがてんこ盛りだ。チラリと後ろにいる歌江を見る。歌江は、電信柱の陰に隠れたきり、出てこない。

無理に音斗を連れ戻す気持ちはないらしい。じゃあなんのために音斗をつけているのだろう。家出をしても学校にちゃんと行っているかが気になって見張っていたとか？

とにかく歌江から遠ざかろうと早足で歩きだす音斗に合わせ、守田も速歩で隣に並ぶ。

悲しいかな、音斗は、走れない。間違いなく、走ったら倒れる。逃げなくてはと思っても、早歩きが最大出力だ。

「高萩くんも、友だちできないかもって悩んでたんだね」

「え……あ……いや、委員長……その……」

そういえばハルはさらっと、しかも大声で、そう言っていた。ハルの突拍子もなさに動揺し、ハルが言い放った言葉のすべてが音斗の頭のなかで意味の形成をできていなかったが——。

通学途中の制服姿の人たちが、往来に、ちらほら見える。このなかに、いったいどれだけ音斗と同じ学年の人がいるのか。音斗が「友だちができないかも」と悩んでいた事実が、明るみに！

「ていうか『も』って？　委員長も？」

「うん。うちの小学校から上がってきた子、少ないから。一番仲良しだった友だちは私立に行っちゃったし」

「そっか」

結局──音斗は、中学校生活スタートすぐに、意図しない形ではあるが守田という「友だち」をゲットした。不本意ながら、ハルのおかげだった。


学校に辿《たど》りつき、ホッとしてサングラスやマスクを外す。

音斗は日傘を差して完全防備で歩く男子生徒として、あっというまに一部で有名になったらしかった。他のクラスの生徒が、昼休みに、音斗を眺めにわざわざ三組の教室に入ってくるくらいだ。「別にサングラスしてないじゃん。普通じゃん」「違うって。外ではサングラスしてたんだってば」という声が聞こえたので、自分を見に来たのだなと、わかってしまった。

「げーっ。誰がグラサン・マスク男かと思ったら、ドミノじゃん」

同じ小学校から上がってきた男子——横路《よこみち》が、近づいてきて聞こえよがしに大声を張り上げる。

「ドミノって？」

「それがさあ、あいつ同じ小学校なんだけど、すっげー倒れんの！　ドミノ倒しのドミノみたいに。倒れるのが仕事なんだっていうくらい倒れるから、ドミノって呼ばれてて……」

「えー、マジか」

「しかもグラサン・マスク野郎か」

中学校という新しい環境に入り、周囲のメンバーが入れ替わることで、音斗だけじゃなく全員が浮き立っていた。最初のうちに人気者になって、おもしろい奴として認められたい。友だちを作りたい。

音斗だけが「波打ち際《ぎわ》」に立っているわけじゃなかったのだ。

みんな等しく、中学一年生という、新しい波が押し寄せる場所でポツンと立って、足下を濡らす波を凝視している。どんな些細《ささい》なことでも、笑わせたり、自分が優位だと思わせたりしたい。グループを作ってそこに入りたい。気の合う奴を見つけたい。

そのために――他人を貶《おとし》めて笑いを取る。そういう方法もありなのだ。

みんなの笑いが波紋になって広がっていく。でも、仕方ないと思う。だって、音斗の今朝の服装は変だった。日傘にサングラスにマスクで、変質者みたいだった。

音斗は座ったまま、じっと机を見つめる。

――中学校になったらなにか変わると思ったのに。

変わらない。それどころか、変なあだ名が増えた。ドミノ・グラサン・マスク野郎。

家出までしたのに。丈夫になるって決めたのに。昨日の夜は、すべては完璧だって感じていて、勇気があったのに。

いまの音斗は――握った拳を膝の上に揃えて置いて、唇を噛みしめて、ざぶんとかかってくる高い波に気持ちを引きちぎられて震えている。

情けなさに鼻の奥のところがツンと熱くなった。

「なによ。やめなさいよ、男子。高萩くんは紫外線アレルギーなんだから仕方ないでしょ」

味方なんて誰もいないとうなだれていた音斗は、その声にハッとして顔を上げる。

――守田さん!?

「なんだよ。知らねーよ。紫外線アレルギーなんて。ドミノ、小学校んときそんなんじゃなかったし」

「うるさいっ。ここ三組だから。三組じゃない人、出てって」

「なんの権限があってそんなこと言うんだよ。三組じゃない奴だって、休み時間は入ってきていいんだろ」

男子三人に、守田ひとりが果敢《かかん》に立ち向かう。ぎゅっとまなじりをつり上げ、横路の前に立ち「委員長権限です!」と眼鏡を押し上げて言い放つ。

「な……んだよ。うっせーな」

「きゃ」

横路が守田を押した。押された拍子に守田がバランスを崩した。ちょうどそこにあった椅子に引っかかり、守田が倒れ、尻餅《しりもち》をついた。眼鏡が少し斜めにずれている。転んだ拍子に制服のスカートが上まで捲《まく》れる。

教室が、しん……とした。

すぐに守田が起き上がり、スカートを直す。守田の頬《ほお》のそばかすの色がパッと濃くなったのがわかった。

横路が大声で笑いだす。それにつられたように教室のあちこちで笑い声が上がる。守田の表情が歪《ゆが》んだ。髪を留めている花のピンの少し下――耳が朱色に染まっている。今朝見たのと同じ色。今朝は恥ずかしいけれど、くすぐったく見えたその色が、いまは悲しく、悔《くや》しい色に見える。

「笑うなっ」

気づいたとき――音斗は立ち上がり、横路に向かって叫んでいた。

――勇気を出せよ。

ハルの声が頭のなかで響いたように思えた。耳の内側でどくどくと鼓動が鳴っている。変な格好で、笑われるかもしれないと気に病《や》みながら学校に来た結果が――優しくしてくれた守田を泣かせることにつながるなんて、ひどすぎる。

勇気を出したい。だから、声を上げた。

守田が泣いたら、嫌だと思ったのだ。自分が囃《はや》し立てられて泣くのは惨《みじ》めだけれど、仕方ない。でも音斗のために食ってかかってくれた守田が、学校で恥をかかされ、泣いてしまうのは、駄目だ。なにがどうかは理屈じゃない。それを黙って見ていたら、駄目だと感じた。

「なんだよ。ドミノのくせに」

横路が鼻の穴を膨らませて「うぜーんだよ。ドミノらしく倒れてろ！」と、音斗の肩をどんとついた。

倒れるもんか。

足を踏ん張って、我慢した。それどころか、音斗は、はじめて他人に対して手を上げた。体育の授業のすべてを見学で通していた音斗が、だ。逃げだそうとしても走ることができず、速歩で妥協していた音斗が、だ。

横路の肩に手のひらを当てて、ぐっと押しだす。身長差があるから、下から突き上げる形になる。

反撃されるとは思いもよらなかったらしい。驚いた顔になった横路だったが、けれど驚いただけでびくともしなかった。

「なにすんだよっ」

そう言って横路が音斗のことを勢いよくどつき――。

音斗の記憶は、そこで途切れる。ドミノ倒しのドミノよろしく、音斗は後ろに向かって転倒し、机や椅子に後頭部をぶつけて、そのまま意識を失ったのである。


気がついたとき、音斗は、家の自分の部屋のベッドに寝ていた。カーテンが引かれていて、薄暗い。歌江が枕元に音斗の勉強机の椅子を引き寄せて座っている。

――まぶしい。

さして強い日差しじゃないのに、妙にまぶしく思えて顔をしかめる。

そろそろと起き上がると、歌江が安堵したように音斗を見た。

「大丈夫？　喧嘩《けんか》をして倒れたって学校から連絡が入ったの。相手の子は小学校が同じだったから、親御さんも音斗の身体のことはご存じで、謝罪してくれたわ。病院に連れていこうか迷ったけど、もしかしてお日さまにあてて移動させるより、日陰で寝かせていたほうがいいのかなと思って、言い張って連れて帰ってきちゃった」

無事に起きてくれてよかったと、歌江が小声で言う。

「女の子を守ったんですってね」

「誰がそんなこと」

音斗は慌《あわ》てる。

「守田さんて女の子がお母さんに教えてくれたの。音斗が、自分をかばってくれたんだって」

それで返り討ちにあってひっくり返っているのだから、どうしようもない。なにもしないでいたほうが、まだましだった気がする。

無言でうつむく音斗に、歌江が言う。

「ごめんね。お母さん、音斗が、小学校で仲間はずれにされてたの知ってたの。まわりの女の子のお母さんたちが教えてくれたから。音斗、女の子には受けがいいじゃない？　男の子のお母さんは教室内の人間関係に疎《うと》くても、女の子のお母さんはクラスのことなんでも知ってるのよ」

「え……？」

歌江が「女って怖いのよ」と小さく笑った。それは、お母さんじゃなく「女の子」みたいな、秘密めかした笑い方だった。

「音斗はお母さんにはなにも言わなかったね。だから卒業まで我慢したら、環境も変わるし、うまくやっていけるかなって様子を見ようと黙ってた。音斗に謝らなくちゃ。お母さん、自分から立ち上がってなにかをしようとするのが、怖かったの。間違ったことをしたら、音斗も、音斗のまわりも、ぐちゃぐちゃになるんじゃないかって、自信が持てなくて動けなかった」

いまの時間が、わからなかった。いまの状況も、わからなくなった。自分の部屋で母親と対峙《たいじ》していて、音斗はいつものように学校で倒れて知らないあいだに家に運ばれて——見慣れたベッドで、看病してくれた歌江を見つめていて——。

——お母さん、知ってたの？

小学校のクラスで、音斗は、表立っていじめられていたわけじゃない。でも、活発な同級生たちには無視され、存在しないものと見なされた。学校行事のほとんどに出ていないため、行事の際のグループ分けには無縁だった。だから音斗が「どのグループにも所属できていない」ことは表面化しなかった。

音斗はすぐに倒れるから、小学校で力ずくでいじめられたことはなかった。ただ仲間はずれにされただけだ。無視されたり陰口を言われたりしただけ。

身体に怪我《けが》は残らない。

けれど心に傷が残っている。

目の奥のあたりがじわじわと熱くなる。音斗のことを大事にしてくれている両親の側《そば》では、音斗は、心を折るわけにはいかなかった。平気なふりをした。泣けなかった。隠していた。

これ以上、心配させるわけにはいかなかったから。

音斗にだって子どもなりのプライドがある。

なのに——母親はとっくに知っていたのか。

頭のなかが混乱し、血の気が引いた。

「それ……お父さんも？」

「お父さんには言ってない」

「言わないで」

布団の上に置いた手が小刻《こきざ》みに震えた。母に知られたとしても——せめて、音斗が情けない男の子だっていうことを、父親には知らせたくない。悲しませたくない。

お父さんは――男だから。音斗も――男の子だから。すごくどうでもいいことだ。でも音斗にとっては大切なことなのだ。

歌江は困った顔になる。

「お母さん、僕ね――押されたけど、押し返せた。次はちゃんと喧嘩できるかもしれないじゃないか。僕、勇気出したんだ」

声も、震えていた。我慢しようとしたのに、涙が滲《にじ》み、頰を伝って落ちていく。

勇気を出せって言われて、勇気を出したんだ。うまくいかなかったけど、頑張ったんだ。ちゃんと強くなりたい。心から願った。音斗は「普通に」なりたい。牧歌的吸血鬼になることで、音斗が「普通に元気な身体」を手に入れられるなら、それでいい。

むしろ、それが、いい。

「家出してごめんなさい。でも、僕をフユさんたちのところに行かせて。吸血鬼でもなんでもいいよ。僕は、自分に自信の持てる『僕』になりたい」

涙と一緒に鼻水が垂れてきた。ごしごしと拳で顔を拭《ぬぐ》う。心臓から喉《のど》から頭までもが、熱を持った。涙は、心から湧《わ》いてくる。感情で濡れた心を、悲しさや悔しさのポンプで汲《く》み上げると、涙と鼻水になるみたいだ。だらだらと流れ、止まらない。

「あの人たちのところにいたら自信が持てるの？」

「たぶん」

泣いているから、変な声が出る。

「そう。お母さん――もう止めないわ。音斗がそう言うのなら、信じてみる。変な人たちだけどうちの親戚なんだし……。お父さんのおじいちゃんたちも説得するね。がんばる」

歌江も泣いている。

鼻水をすすって歌江を見上げる。歌江は泣き笑いの表情でつづけた。

「でも心配だからたまに音斗のこと見にいってもいいかな」

「……今朝みたいに？」

下手《へた》くそな探偵みたいに電信柱の陰に身を潜《ひそ》ませていた歌江の姿を思いだし、音斗はちょっとだけ笑う。

「あ……見つかってたの？　実はね、フユさんが夕べ、音斗から電話がきているって知らせてくれたの。私たちが捨てた宅配便の伝票を音斗が持ってて、そこからフユさんたちの連絡先を見つけだしたんだって聞いて、びっくりしたわ。あの宅配便って、フユさんたちの村でやっている企業で、全国企業じゃないんだってね。音斗がそこまで、あの人たちに会いたがってるなんて……」

歌江が音斗の顔にティッシュを押しつける。

「お父さんも、家出するくらい音斗は真剣なのかって、考えてくれたみたい。もちろん音斗の家出が長引いたら、おじいちゃんたちが気づいて騒ぐだろうけど、いまはまだ大丈夫」

両親は知っていたのかと、がっくりした音斗だった。冒険のつもりだったのに、バレバレだったのである。

「フユさんたちの新居も音斗の中学校の通学区域内だし、よかったわ。それから、安心して。お母さん、音斗の鞄だけじゃなく、サングラスとかマスクとかもちゃんと学校から持って帰ってきてるから」

「え？」

音斗は、歌江の視線を追い、勉強机の上を見る。日傘もそこに置いてある。

「ちゃんと元気になるのよ」

悲壮な声で歌江が言う。うなずく音斗の、涙を汲み上げる体内ポンプの力の勢いがなくなっていき、停止した。サングラス・マスク・日傘・手袋に鞄。つまり音斗にとって「普通になる」ということは——変質者の格好で外に出かけるということだった。

視線を巡らせる。カーテンの布地を透かして、外の光が室内を淡く満たしている。できるならもう少し長く——夜になるまで気絶したままでいればよかった。音斗は、そんな益体《やくたい》もないことを考えて、途方に暮れた。

間章

世間には死にたがりが溢《あふ》れている。

残虐な事件で亡くなった人がいて、いじめられて死んでしまう子どもたちがニュースになり――誰もが悲しいニュースに「心を痛め」ている最中でも、大人も子どもも、みんな明るく「もう、死にたい」と言う。「昨日、道で派手に転んで通行人に笑われた。恥ずかしい。死にたい」とか「仕事で失敗した。いやだなあ。もう死にたい」とか。

すすきのの外れ――飲食店の看板に明かりがつくと、男の時間がはじまる。

男は、占い師だ。

修道士もしくは修行僧のような濃い色のフードつきのマントを身につけ、夜の路地裏に折りたたみの卓と椅子を広げ、客を待つ。

深くかぶったフードが男の顔を覆《おお》っているが、それでも男の美貌は隠せない。

フードからはみ出した髪は金色で、往来を油断なく眺める男の双眸《そうぼう》は研ぎ澄まされたような蒼《あお》だ。

すすきのには他にも何人もの露天占い師がいる。手相に顔相、四柱推命。小さな卓を挟んで対面で座れば、とにかくなんでも占ってくれる。

けれどこの男の占術はタロットカードのみだ。

占術が一択であっても、男のもとに客はやってくる。

誘蛾灯《ゆうがとう》に誘われる蛾のように、男の卓上の、「タロットカード」と書いた和紙が貼られた道行灯《みちあんどん》に引き寄せられ、客が椅子に座るのだ。

タロットを知る者ならば、マント姿の男の出で立ちと道行灯に、「隠者《いんじゃ》」のカードの象徴を見るだろう。生憎《あいにく》と、いまのところ男に「隠者のコスプレですか？」と聞いてきた客は皆無だったが。

「……本当にいたんだ。金髪でマントの占い師さん。いいですか？」

男が答えるより先に対面の椅子に座った女性に、男は微笑《ほほえ》んで告げる。

「どうぞ」

女は、化粧でごまかしているが、おそらくまだ未成年だ。十代半《なか》ばくらいだろうか。金に近い茶の長い髪を巻き、つけまつげをつけ、本当の目の大きさがわからないくらい目の縁を真っ黒に塗っている。

「都市伝説かと思ってた。すっごく当たるタロット占いで、気まぐれにしか店を出さないんですよね。客を選ぶから、お願いしても占ってくれないときもあるって。逆に、お金はいらないから占いたいって地下鉄の駅でいきなり声かけられた人もいるって」

　男は否定も肯定もしない。

　顔を上げ、タロットカードを手に取って「なにを占いますか？」と女性に尋ねる。

「うわ。かっこいい。占い師さんイケメンですね。日本人じゃないですよね」

「はい。日本人じゃないです。それで、なにを占いますか？」

「占いっていうか……死にたいんです」

　あまりに直截《ちょくせつ》すぎる。男は目を瞬《しばた》かせ、女性とタロットカードとのあいだに視線を一往復させる。

　男がタロットカードを捲《めく》って、卓に一枚、置く。金色のカップを持って白馬にまたがる王子のカード。

「私は殺し屋じゃない。死神でもない」

男が笑う。女は真顔になる。

「でも、あなたは『死にたい』ほどつらい気持ちで占われに来た女の人の願いを叶えてくれるって噂になってます。本当に大変な人からは、お金も取らないって聞いてます」

「噂になってるんですか？」

噂という単語は、使いやすい。どこが出所でも、嘘でも本当でも、誰かにかまをかけるだけの話でも、「噂で聞いたんだ」でごまかしがきく。現代社会ではえてして、火のないところに、煙は立つ。

とはいえ——噂を定着させるには定期的な燃料の補充が必要だ。立ってしまった煙を、目を見張るほど大きくさせたり、人のなかに浸透させるためには「火のない」なかにも一抹の真実が必要だ。あるいは、しょっちゅう、その「嘘」を撒《ま》き散らす誰かの存在が。

『死にたい』ほどつらい気持ちで占われに来た女の人の願いを叶えてくれる占い師は、いない。本当に大変な人からはお金を取らない占い師もいない。

しかし――占い師は、いる。男だけではなく、すすきののあちこちに立っている。

「この目で見るまでは、絶対に嘘だと思ってた。……占い師さん、触ってもいい？」

女は、男の手を取って、握りしめた。

「冷たい手だね。ちゃんといるね。夢じゃないね。ネットで噂になってるんですよ。学校でも有名。隣のクラスの子が見かけたって言ってた。その子は『死にたい』わけじゃないから、怖くて話しかけなかったんだって。私はそれ聞いたとき、私だったら絶対に話しかけるなって……だって……」

そんなに長く生きていたいとも思ってないし。

女が、考え込むように言う。その台詞《せりふ》を言うことで、自分自身の心情を確かめてでもいるように。

「あなたは高校生ですか？」

「うん。高校生です。あの……『死にたい』ほどつらい人のところには現れるっていう占い師さん……ですよね？　だったら私は『死にたい』です。見つけたんだから、消えないでくださいね」

たしかに、男と対面し、悩みを語り、「それは大変ですね」とうなずく男に、何人かの客は「つらいんです。もう死んでしまいたい」とポロリと零《こぼ》すことも、ある。

男は、知っている。占いは人を救わない。死にたい奴は、死ぬ。

「私がお客のえり好みをするのは本当ですが——『死にたい』と言う人にしか出会えないわけではありませんよ。むしろ私は『死にたい』という人の話は聞かない占い師です。あなたは、私と、違う誰かとを勘違いしている」

次に捲ったカードは、怪我人《けがにん》と病人が教会の外で寒さに凍えているカードだった。

「まさか。そんなに何人も金髪イケメンの占い師がいるわけないじゃないですか。でもね、もしあなたがいるのなら——他の不思議な噂も、探したら見つかるのかな。札幌《さっぽろ》には地底人がいて、地下街で暮らしてるっていうのとか、地底人を見つけたら報奨金がもらえるとか」

死にたい奴は、どう手助けをしても死ぬ。

けれど——生き抜く奴は、なにがあっても、生きるのだ。

「そんな噂があるんですね。『死にたい』くらいの悩みがあるなら、場合によってはその悩みをつかの間でも忘れさせてあげましょうか？」

「願いを叶えてくれるっていう意味ですか？」

もしかしたら男を見つける前までは――女はなにかでうちひしがれていたのかもしれない。ただし、いまや女の目には力が漲《みなぎ》っている。女は特に目立った美人というわけではなかったが、生命力に溢《あふ》れた、若さゆえの傲慢《ごうまん》さが女の肌の内側でひかっていた。

「じゃあ占いはいらないから――私の願いを叶えてください……」

女が、叶えて欲しい願いを、口にした。

4

殴りかかって、やり返されて、倒れて——保健室に運ばれた音斗《おと》の新しいあだ名は「ドミノ・グラサン・マスク野郎」になった。インパクトたっぷりの通学スタイルで、みんなの印象に残る倒れっぷりだったため、またたくまにその長いあだ名は学年中に広がっていった。

それでも音斗は、学校に行く。

なぜなら——守田《もりた》が、いるから。守田と一緒に登校したのは最初の一日だけだったが、それだけでもう守田と音斗はクラスメイトたちに囃《はや》し立てられる仲になっていた。掃除の時間にバケツに水を汲《く》むときなど男子の誰かが「委員長は、高萩《たかはぎ》と一緒にバケツに水汲んできたら～？」と言ったりする。

そんな環境に守田だけを置いて、音斗が登校しないなんてナシだ。

といっても、囃し立てるのは男子だけで、女子たちはもっとクールなのだが。なので音斗がいなくても、守田がいじめのターゲットになりそうな気配もなかったが。

それでも「もしかしたら」と思うと、音斗は学校をうかうかと休めなかった。

それに――。

「僕さ、ドミノ・グラサン・マスク野郎って言われてるよね」

バケツを持ってふたりで歩いているとき、ぼそぼそと音斗が言うと、「守田が言ってくれたのだ。

「ドン・キホーテ・デ・ラ・マンチャみたいな響きだね。かっこいいかもしれないよ」

「え……？」

「かっこいいかもしれないよ。そう思うよ」

守田が首を傾《かし》げ、笑った。肩のあたりで髪がふわっと揺れた。

「私、好きなんだ。ドン・キホーテ・デ・ラ・マンチャ」

先に思いついたのは格安量販なお店の名前。次に思いだしたのは物語の主人公。

「それって、風車を怪物と勘違いして戦ったりする間抜けな騎士の名前だよね」

なにが「かっこいい」のかと、脱力する。だって間抜けの代名詞みたいにされている、物語のなかの騎士の名前だ。

守田の髪を留めているピンの飾りに、視線を合わせる。守田はたくさんのピンを持っているようで、週に何回か、ピンを変える。どのピンも小さくて、可愛《かわい》らしくて、守田っぽい。今日はテントウムシのピンだ。

「そう。でもね、あの騎士は、誰のことも傷つけないもん。風車が相手でも戦おうとした騎士のことを、私は間抜けだなんて馬鹿にしないよ。だって、私は高萩くんが私のために殴りかかってくれたこと、嬉しかったもん」

守田がうつむいて、早口でそう言った。

守田らしいなと、思った。他の女の子の口からはドン・キホーテ・デ・ラ・マンチャなんて言葉は出てこない気がする。かっこいいという評価も絶対に出てこない。

守田と一緒に運ぶバケツの水が、ちゃぷんと跳《は》ねた。音斗の心臓のリズムが速くなる。ゆっくり歩いているのに、運動しているみたいに心臓が跳ねて、止まらない。

教室についてバケツを床に置いた途端、守田がパッと離れていく。今度は掃除用具のモップで戦う男子を止めに走っていった。

――守田さん、いいなあ。

女子には女子のつきあいがある。男子と女子のグループはそれぞれに分かれ、基本的には交わらないものだ。

調子に乗った男子たちに音斗とのことを囃し立てられると、言い返すよりさっさとバケツに水を汲みにいったほうが早かろうと、守田は音斗と水を汲みにいく。そういうところに、かなわないなあと思う。

守田が横路《よこみち》に押しのけられて倒れたことが、クラスの女子の心をひとつにしたようで、守田は委員長として、女子みんなとうまくやっている。

みっともなくて情けないあだ名だけれど、そんなに嫌じゃないのかもと、守田の背中を見ながら音斗は思う。守田が「かっこいいかも」と言ってくれたなら、それだけで音斗にとっては貴族の称号だ。

揺らいでいたバケツの水の表面が静まる。ハルが言った「勇気出せ」が脳内に響く。ついでに、笑顔の下二段活用とか、キャラを立てろとか、いろいろな台詞《せりふ》が脳内でちゃぷちゃぷ揺れる。

――どうしよう。僕、守田さんのこと好きだ。

ポンっとその言葉が降ってきた。

好きになってしまった。

音斗のなかの「好き」という気持ちが花を咲かせて実になり、守田という地面に向かって落ちていったのが、わかった。

ニュートンが発見しなくても地球には引力があった。それと同じに音斗がこの感情を知る前から、世界には恋という気持ちがあった。

そうして——音斗は「女の子を好きになる」という新しい気持ちを「発見」してしまったのだ。

さっき、水の入ったバケツを共に運んだ瞬間に。

視線を感じて顔を上げると、クラスの男子——岩井《いわい》が、両手をだらりと下げてなにをするでもなく音斗を見ていた。岩井はわりと真面目《まじめ》な奴だ。掃除当番も、きちんとやる。一部の男子のようにさぼって逃げたり、モップで戦ったりはしない。入学したときにはあった岩井の髪は、野球部に入部したことですっきりとした坊主頭になっている。

「岩井くん。雑巾の係やって」

すーっと息を吸ってから、勇気を出してみた。岩井をまっすぐに見つめ、雑巾をひとつ突きつける。

「な……んだよ」

音斗から声がかかるとは思わなかったのか、岩井は目を丸くした。ここで「ドミノのくせに」みたいに言われたら「ドミノ・グラサン・マスク野郎だけど、それがなにか？」とツンと言い返してやろう。

ハルみたいに、顎《あご》を上げて、自分だけが偉いみたいな顔をして——キャラを立ててやる。

守田に「かっこいい」と言われた称号だから、これは変なあだ名じゃない。

と、思い込んでみる。

　犬同士が威嚇《いかく》しあうみたいに、岩井と音斗は睨みあった。でも犬同士みたいに、互いを見てぐるぐる回りはしなかった。岩井が仏頂面《ぶっちょうづら》のまま音斗から雑巾を取り上げ、バケツに入れる。

音斗も雑巾を水に浸《ひた》した。

「俺は窓側から拭《ふ》くから、ドミノは廊下側の机からな」

岩井がさらっとそう言った。岩井は、びっくりするくらい当たり前に「ドミノ」

と言った。あまりにも普通に言うから、音斗も普通に返事をする。

「あ……うん」

互いに教室の別の端から机を拭いた。岩井のスピードは速く、音斗が机を二列拭いているうちに、ふたりの列が鉢合わせする。

「おまえの雑巾びちゃびちゃだ。こんなん見られたら委員長に叱《しか》られるぞ」

「ごめん。僕 雑巾絞《しぼ》ったことないから」

「は？」

「実はバケツに水を汲んで運ぶのも中学校に入って、はじめてやったんだ。小学校のときは途中で倒れたら大変ってバケツを持たせてもらったことすらない。ドミノだから」

事実である。本当のことだから、堂々と言った。心のなかで「ドミノ・グラサン・マスク野郎ですが、なにか？」と呪文を唱えながら。

「マジで？」

岩井がポカンと口を開け——笑いだした。棘《とげ》のない笑いだった。岩井が歯を剝《む》きだしてニカッと笑うから、音斗もつられて笑いだす。

不思議だった。自分から言いだしてみたら、あんなに嫌だったあだ名から、棘が抜けた。「ドミノ」という言葉を飲み込んでも前ほど痛くない。まだ大きくて、固くて、飲み下すには骨が折れるけれど――でも前ほどには、痛くなかった。

またたくまに二ヶ月が過ぎていった。

音斗の変な通学スタイルが商店街の人たちや中学校のみんなに認知されるのと同じように、『パフェバー　マジックアワー』の存在も、商店街や札幌《さっぽろ》の人たちに認知され、どんどん客を増やしていった。

情報誌や口コミブログに掲載され、時間帯によっては店に入りきらない客が外で列を作ることもある最近だ。

学校から帰ってきた音斗はまず牛乳を飲む。それから自分の木箱に入ってしばらく目を閉じる。そうすると目の前が闇に満たされる。敷布に枕に毛布にといろいろ詰め込んだため、木箱のなかは、寝心地のいいベッドみたいになっている。最初は抵抗があったが、寝てみると意外と居心地がよかった。自分のためだけの秘密基地みたいに思える。

目覚ましはかけているが、たいていその前に目を覚ます。木箱の蓋《ふた》を開けて出て、昼の日差しの最後のひとつかみを、リビングの窓越しに見る。

その後でゆっくりと階段を上り「フユさん、夜だよ」と声をかける。

「……ん。腹減った」

最初に起きるのはいつもフユだ。

「僕も」

次に起きるのはハルだった。元気よく飛び出てくる。ハルは本当は昼も起きていられるのだが、夜にパフェバーのホールスタッフとして働いているため、フユたちと一緒に昼はぐーぐーと寝ている。

最後になるのは、ナツである。ナツは、起きてはみたものの、まだ夢うつつという風情《ふぜい》で簞笥《たんす》のなかで膝《ひざ》を抱えてうずくまっている。金色の髪はてんでにふわふわと乱れている。身長百九十センチ近い長身と、綺麗に筋肉のついたしなやかな手足をぎゅっと縮こめて丸くなって簞笥のなかに収納されているナツの姿はいつ見てもライオンがネコみたいに眠っているようだった。

「ナツさん？　夜だよ。起きる時間だよ」

んー、と間延びした返事をしてから、ナツは目を瞬《しばた》かせ、音斗を見る。箪笥のなかに身を乗りだした音斗の腕をつかんで引き入れ、抱き枕みたいに、音斗を抱擁《ほうよう》する。

「ナツさんっ」

完璧に寝ぼけている。がっしりとつかみ取られ、じたばたと慌《あわ》てていたら、フユの冷たい声が降ってきた。

「音斗くん、ナツのこと殴れ」

「え……そんな」

「音斗くんは俺たちの目覚まし役だろう。起きないやつは目が覚めるまで殴りつづけるくらいでもかまわない。蹴りも入れろ。俺が許す。やれ」

フユは本気だった。腕組みをし、底冷えする声音《こわね》で命じる。冷気に似たものが、室内をざーっと漂《ただよ》っていく。

「音斗くんがやれないなら、俺がやる」

大股でやってきたフユの目が怖い。

フユの言う「やる」が音斗の脳内で「殺《や》る」という文字に変換される。原則的には優しいフユだが、こと「ナツの寝起き」と「金にまつわること」に関してだけは容赦ない。

「や……やだよ」

音斗は怯《ひる》み、そこまでしなくてもいいじゃないかと、ナツの腕のなかで暴れた。このままではナツが危ない。必死でナツの耳元で叫ぶ。

「起きて。ナツさん起きて。起きないと、やられる――――っ」

ナツの目がパチッと開く。至近距離で、エメラルドグリーンの目が瞬《また》き――やっと起きたナツの頭に、フユの手刀が容赦なく振り下ろされた。

「おまえが起きてこないと誰がシャーベットとアイスを攪拌《かくはん》すんだよっ。この俺さまに力仕事をさせる気か？　俺は弱いんだぞっ。生クリーム泡立てただけで翌日筋肉痛だぞ？」

弱いことを誇らしげに宣言するフユに、ナツは首をすくめて「すまない。フユも大変だな」と謝罪した。それを見たハルが「あーあ、毎晩これだよ」と肩をすくめている。

「さ、それじゃあみんな起きたことだし、開店準備はじめるよ。いくよ」

ハルが、部屋のドアを開ける。

みんなでその後ろをついて階段を下りる。階段に灯《とも》った裸《はだか》電球が、みっしりとつらなって下りていく四人の影を壁に映しだした。


さっそく働きだしたナツやハルを放置し、フユは暢気《のんき》にしている。

リビングでは遣《つか》い魔《ま》である牛の「お母さん」がくつろいでいた。太郎坊《たろうぼう》と次郎坊《じろうぼう》はしょっちゅう人型になってフユたちのお遣いを頼まれたり、音斗の体調を気遣ってくれたり、そちらが本業と言えるのかもしれない「牛のマークの宅配便」の仕事にいそしんでいるのに、「お母さん」はいつも牛の姿だった。

とはいえ——牛が、牛であることになんの問題もない。

というより、牛には、牛でありつづけて欲しいと思う音斗である。牛の「お母さん」のなかの人など知りたくない。

「今日、学校の女子たちにうちの店のこと言われたよ。すごく美味《おい》しいパフェ屋さんだって噂になってるんだって。でも夜しか開いてないから友だち同士で行けないって。日曜の昼にも営業してって頼まれた」

「大人になってから来いって言っといてくれ」

「そんな冷たい返事できないよ」

「お……なんだ。その女子というのはもしかして守田さんか？　守田さん相手なら音斗くんは断れないよなあ」

　フユがニヤッとして言う。

「え……違うよ。そういうんじゃなくて、女子にそんな言い方したら、あとが怖いもん」

　音斗は自分の初恋を隠しているつもりなのに、なぜか周囲の大人たちは音斗が守田を好きなことにいつのまにか気づいていた。どうしてだろう？

「最初の予定と変えて、この商店街の店を選んでよかったな。この店にしようか、それとも札幌駅の近くにしようか、立地で悩んだんだよなあ。ナツがこっちがいいって言ったおかげで音斗くんはいまの中学校に通えるし、守田さんの家の近所で、町内会も同じだ。この先、守田さんといろいろな展開が待ってそうだな。ナツに感謝しろよ」

「だから守田さんは関係ないって……っていうか、この店じゃなく札幌駅の近くにする予定だったの？」

それは初耳だ。もしそうなっていたら、いまの音斗の毎日はまったく違ったものになっていた。

「しかもナツさんがここを選んだの？」

ナツがなにかを主張したり、選択したりするところが想像できない。音斗は、ハルやフユがにぎやかにしている側《そば》で、無言で微笑《ほほえ》むナツしか知らない。

「そう。音斗くんのことがなくても俺たちは札幌に出て、店を開く予定だったんだ。そういうのを地道に探すのは俺にもハルにも不得手な分野だからな。一年くらいかけて、ナツは定期的に『隠れ里《かくざと》』から札幌に宅配されて、夜の札幌を徘徊して下調べしてくれてた。ナツは探偵に間違われたり、ホームレス扱いされたり、占い師と勘違いされて女子高校生に追っかけられたり、大変だったってさ」

いろいろ聞いてまわるなら探偵はまだわかるし、夜道をうろうろしているのでホームレスというのもわかるが——占い師はどうしてだ？

「ナツさんて占いができるの？」

「できない。でもナツは人の話をにこにこして黙って聞くのが得意だ」

はたしてそれは占いなのだろうか。絶対に違う。

「まー――とにかくナツが時間をかけて、予算に合う、手ごろな物件を探してくれていたから、こっちに来てすぐにこの店を手に入れられたってわけだ。そして俺という調理師の資格があり衛生管理士の資格もありかつ経営手腕のある料理のプロがいるから店を開けた。俺たちに感謝しろ！」

言われなくても、感謝してるのに。フユもハルもしょっちゅう「もっと誉《ほ》めろ」と口に出す。

「はい。感謝してます。――そういえば、ここって、どうしてパフェ屋さんなの？普通のレストランでもよかった気がする」

夜しか開けない理由は、わかる。でも牛乳が大好きだから乳製品の店というのならアイスクリーム屋が普通じゃなかろうか。リキュールがけアイスの店でもよかったのに、そこを「パフェ屋」にした理由はなんなのだろう。

「別に……。音斗くん、暇そうだな。遊ぶか？」

ポンと話題が飛んだ。「遊ぶか？」なんてフユにいままで言われたことがないので、驚いた。

「フユさんは忙しいんじゃないの？　パフェの仕込みは？」

「アイスの仕込みはあとは攪拌だけだからナツにまかせてる。掃除も終わったし、俺の仕事は客が来てからになる。音斗くん、宿題は？」

「終わったよ」

「そっか。音斗くん、本当に手がかからないな。ハルやナツにももうちょっと見《み》倣《なら》って欲しいくらいだ」

家にいるときはスウェット上下にエプロン姿なことが多いフユは、ときどき「みんなのお母さん」みたいになる。音斗とハルにご飯を作ってくれるのもフユだった。パフェだけじゃなく、フユの作る料理はどれもプロ級で美味しい。

「そうだ。音斗くん、オセロみたいなもんするか？　たしかハルがこのへんにしまってて……」

フユが立ち上がって後ろの棚からオセロゲームの盤を取りだしテーブルに置いた。

「オセロ？」

「ハルが好きなんだよな。オセロとかチェスとか碁みたいなもんが。ハルは、ひとり遊びが下手《へた》でな。『隠れ里』にいたときはよくつきあわされた。いまは音斗くんがいるからハルも楽しそうだけどな」

白と黒のコマを並べ「弱い奴が黒だ。どうぞ」と言う。音斗は黒いコマを手に持ち、盤にパチリと置いた。

最初はその気じゃなくても、やっているうちにゲームに夢中になる。音斗は家遊びしかできない子どもだったから、こういったボードゲームは得意なのだ。黒いコマで白を挟み、ひっくり返していく。

あっというまに盤面が黒優勢になる。角を取ると有利なのだが、四つの角のうち、三つまでが黒だ。

——あれ、フユさんってオセロ弱いのかな？

が——ちらりとフユを見ると、フユの双眸《そうぼう》が妖《あや》しく瞬いた。

「よし、そろそろ反撃だな」

人を食ったような底意地の悪い笑みを浮かべ、エプロンのポケットからごそごそとなにかを取りだす。

その指につままれていたのは――五円玉だ。

フユが、角のひとつを取っている黒いコマの上にパチリと五円玉を載せた。

「よし。次は音斗くんの番だ」

「え？」

フユは真剣な顔をしている。うながされたので、音斗はまだ取れそうなところに黒いコマを置き、白をひっくり返す。

「ふ……かかったな」

フユが新たに五円玉を出して別な角に置いた。意味がわからない。

さらに当たり前の顔をして、五円玉から連なる、いくつもの黒いコマをひっくり返して白に戻していく。

「俺が開発したニューゲームだ。名付けて『世知辛い現実オセロ』。金がすべての白黒をひっくり返すというルールだ」

「そんなオセロ知らないよっ」

「俺は最初から『オセロみたいなもん』をするかと聞いている。俺がやりたかったのは『世知辛い現実オセロ』だ。オセロじゃないっ。四つの角がすべて埋まったときに五円を角に置くのがルール。ご縁がありますように！」

きっぱりと断言し、フユは、盤上をすべて白で埋め尽くし「勝った」と胸を張ってみせる。反撃する気力もなく、音斗はポカンとしてフユと盤面とを見比べた。

「フユ〜。お腹空《す》いた〜。ナツとフユは牛乳だけでいいけど、僕と音斗くんはご飯ちゃんと食べな……きゃ……」

ドアを開けて入ってきたハルが、呆然としている音斗と、意気揚々としているフユと、テーブルの上のオセロの盤を見て言葉を止める。

「フユがまた、子ども相手に大人げないことをしてる〜」

「違う。大人として『金のありがたみ』を啓蒙《けいもう》しているだけだ。音斗くんもこれで身に染みただろう？　金こそすべて。いざというときに人生を逆転させるのは金なのだと！」

フユが高笑いして椅子から立つ。

「よしっ。勝った。いい気分で飯作るぞー」

フユは素早く盤上の五円を手に取ってポケットに納めた。小銭であろうと決して粗末にしない。なるほど。首尾一貫している。

拳を突き上げ、フユが厨房《ちゅうぼう》へと歩き去る。

「フユは負けるのが大嫌いなんだよな～。それに、金がからむと性格が変わる」

まったくもって間違いなくフユは負けず嫌いだしお金に執着している。のほほんと言うハルの台詞に心の底から同意した音斗だった。


夕飯はグラタンだ。パフェバーの仕事の合間にフユが手早く作ってくれた湯気のたったポテトグラタンを、ハルとふたりで食べる。

ほくほくのジャガイモにベーコンの塩味。ホワイトソースが滑《なめ》らかで、チーズがとろっと蕩《とろ》け、嘘みたいに美味しい。さらにモッツァレラチーズとトマトのサラダという乳製品尽くし。

「ハルさん、それ、フユさんに見つかったら怒られるよ」

モバイルＰＣを傍《かたわ》らに置き、ちらちらと見ながら食事するハルに言う。

「うーん。フユが気にしてる情報だから怒らないと思う」

少しだけ居心地悪そうにハルが言う。

「そうなの？　でも、冷めちゃうよ」

ハルはよくモバイルとにらめっこしている。よくわからないが「プログラムをいじって」いるのだそうだ。もしくは、動画サイトの動画を見ているか。

「音斗くん、僕はあえて冷ましてるのだよ。僕、猫舌だもん」

ハルがフォークでグラタンのポテトを刺す。湯気がたったそれに齧《かじ》りつき、「あちっ」と言ってから「うまっ」とつなげる。ハルは猫舌なのに、完全に冷めきったものだと美味しくないらしく「温度調節が大変なんだ」といつも真顔で訴える。

「そうだ。こういうのってもしかしたら音斗くんのほうが情報持ってたりしないのかな。札幌の子だし。あのね、この一年くらい、オカルトや不思議ネタ関係のブログで、札幌の地底人についての投稿が多くてさ。しかもその地底人って、女の子をたぶらかして血を吸うんだって」

「血を吸うのは吸血鬼じゃないの？」

音斗はきょとんと聞き返す。ハルたちと会うまで、音斗は、吸血鬼とは血を吸うものだと信じていた。

が、音斗の知っている吸血鬼の末裔《まつえい》は、いま目の前でフォークに刺したジャガイモに「ふーふー」と息をふきかけて冷ましている。それに音斗も、同じに、吸血鬼の遺伝子を持っているらしい。

「やだよ。高温殺菌していない生き血なんて僕たち吸わないよ。不衛生じゃないか。しかも、そんなみっともない吸血鬼に札幌で暗躍されると、僕たちの札幌進出が阻《はば》まれるだろ。絶対にこれは俺たちを陥《おとしい》れるための誰かの『騙《かた》り』だと思うんだよ」

「ハルさんたちって陥れられるほど有名なの？」

「有名じゃないけど！『隠れ里』で隠れてたから無名だけど！　でも気持ちとしては陥れられているような気になるの！　音斗くん、いまの突っ込みが的確すぎて脇腹を鋭くえぐられるような気持ちになったよ。どこでそんなテクニック覚えたの？」

「テクニックを覚えたのは、ハルさんたちのおかげ……かなあ」

別に突っ込みたいわけじゃなかった。素で返したものが突っ込みになっていたらしい。

「僕たちのおかげか。三人のなかでも特に僕ってなんでもできるから、その影響で自然と音斗くんは全方向に才能をのばしているみたいだね。僕に感謝するように。さて……えーと、百聞は一見に……かな。ちょっと見てみて」

ハルが音斗にモバイルのディスプレイを差しだした。

覗《のぞ》き込むと、ざらっとした暗がりが映っている。粒子の粗い画面の中央の、左右に揺れる長細い影に徐々にピントが合っていく。

それは、人影だった。

やたらに厚着をし、フードを目深《まぶか》にかぶった、背の高い人間が、暗がりを走っている。

「足下に線路があるだろ。地下鉄のなかだよ」

言われてみれば地下鉄のトンネルのような気がする。オレンジの光が、遠くに、灯火《ともしび》みたいに光っている。モノトーンの色彩のなかに映るオレンジが「実はこれってカラー映像なのか」と悟らせる。

着膨《きぶく》れして丸く見える男の背中――ナイロン素材のようなつやっとしたフードつきの黒いジャケットの裾《すそ》から、オレンジと赤と茶色と黒のまだら模様がはみ出ている。下に着たシャツが、しっぽみたいに突き出ているのかもしれない。

映像はすぐに途切れた。時間にして二分足らず。走って遠ざかる人が、男なのか女なのかも画像からは窺《うかが》えない。後ろ姿だけだ。

「この線路、札幌なんだ。最初にネットにアップされた元映像が削除されちゃってて、手元でデータ保存した人が再投稿したっていう不思議映像。最初の投稿時には『闇の一族へ、連絡請《こ》う』ってあったらしいよ。すぐに削除されたけど」

音斗の目には、不思議な映像には見えなかった。トンネルのなかを誰かが走っているだけ。

動画映像の四角い枠の下に、説明文や、それを見た人の感想らしき文章が連なっているので黙読していく。

地下鉄の線路には高圧電流が流れていて、通常の人間は歩いて回れないこと。交通局の人間は電流の流れていない場所を知っているから、避けて歩いている。でも一般人はそういうことを知らないはず。だったらこれは交通局の人なのでは、という書き込みには「制服じゃない」「もし交通局の情報が漏れていたとしたらそれも一大事。犯人捜ししないと」などとけんけんごうごうのやり取りがつづいている。

そのなかの一文の「地底人発見者には市営交通局その他札幌市から百万」に音斗は目を見張った。

「え〜、この人のこと見つけたら札幌市から百万円？」

「ああ、これね。これは嘘」

ハルが妙にきっぱり断定した。

「なんで嘘だってわかるの？」

「嘘なのは確実。だってそれ最初に書き込みしたの僕だも～ん。不思議ネタ系のブログに『あの地底人には市営交通が困ってて、水面下《したた》で見つけたら百万出すって下請《う》けに頼んでるらしいよ』って書いたら、いつのまにかそれが拡散しちゃってさ」

「ええ、どうして？」

「どうしてって……。噂ってそんなものだからじゃないかな。おもしろそうだって思って食いつく人が一定数以上いると、どんどん広まっていく。誰が出所でもいいし、それが本当か嘘かもどうでもいい一群っていうのが、人間社会にはいつでもいるんだよ」

ハルの説明は、音斗には、わかるようで、わからない。

「みんな、自分たちの信じたい話や、自分たちにとっておもしろい話を広めたがる。そこにちょっとだけ、本当っぽいことを隠し味に加えるとてきめんなんだよね。この場合は、交通局が困ってますってのかな。それっぽいだろ？　でもこのネタを信じて広めてるのは、小中学生じゃないのかなあ。大人はさすがに市営交通が百万てのはないってわかるから」

なるほど。音斗なら、信じてしまいそうな噂だ。でもきっと、大人たちにとっては「違うだろうけど、なんとなく楽しいから広めている」冗談のひとつなのだろう。

「そういう噂の流れ方って、僕たちの生きてく速度が速くなって、生きてく世界が広くなっても、不思議と変わらないんだよね。こういうのも人の習性のひとつなのかも。噂を流した僕の与《あずか》り知らないとこで、噂だけがぐんぐん成長していくのって、おもしろかったな～」

「そもそもハルさんはどうして、市営交通から百万出るなんて嘘をついたの？」

「それも、なんかおもしろそうだったから？　たぶんネットで流れてる嘘とか間違いの出だしなんてそんなもん」

「おもしろそうってだけで、嘘をつくの？」

「嘘じゃなくて冗談なんだけど……」

「冗談か……」

嘘と冗談の境目は、音斗にとっては曖昧だ。おもしろいことを言ったつもりの誰かのひとことが音斗を傷つけたりもする。「ドミノ」というあだ名だって、そうだった。悪意がそのふたつを区切っているのかというと——そういうものでもないような気もして、厄介だ。

「この市営交通ネタのときは、もしかしたらおもしろいかもなんて思って、指が滑った。だってさあ……僕、田舎《いなか》のなーんにもない村で、退屈で死にたくなっちゃったんだもん。なんでもいいから、楽しいことをしたいし、楽しく盛り上がりたかったの！」

悪気のない顔で言うハルの言葉が釣り針になって、音斗の身体《からだ》の奥に引っかかる。何処《どこ》に針を刺されたのかわからないけれど、芯の部分が歪《ゆが》むように痛んだ。

引きずり上げられるのは——普段、見ないようにして心の奥に押し込めていた、暗く淀《よど》んだ感情だった。

退屈で死にたくなったから、おもしろそうなことに流れたとハルは言う。音斗は、まだ、死にたくなったことなんてない。退屈さと隣合わせで、ちょっとでも身体に悪いことをしたら倒れたり死ぬんじゃないかとびくびくして、定められたラインの上だけを歩いて十三年だ。

たった十三年。

十三年を、退屈な生活にしがみつくことで、生きてきた。

最近になってやっと「おもしろいこと」を許されたばかりだ。希望を持てたばかりなのだ。

「いいなあ」

「なにが？」

ハルがきょとんと聞き返す。

――退屈で死にたくなるって言ってみたい。

でも、その台詞を口に出せないのが音斗だった。釣り針で引き寄せられた思いを喉《のど》の奥のところで止める。「死にたい」とは、口が裂けても言えなかった。

「ハルさんが」

「まあね。僕に憧《あこが》れるのは仕方ないよね～。僕って天才だし顔もいいからね」

ハルの自画自賛にうなずきながら、グラタンを頬張《ほおば》る音斗だ。

「でもね、ハルさん。動画撮《と》ってるほうはじゃあ誰なんだろう。高圧電流で人が死ぬんでしょ？　撮られてる人がいるってのは、撮っている人もいるっていうことだよね」

「そうそう。僕もそれ思った。入れないほど危険な場所だったら、目撃する人も死んじゃうからね。地底人を撮影している側も不死身じゃないと成り立たない」

「そうだよね」

「でもさ、実は……」

ハルが言いかけたのと同時に、厨房のほうから、グラスが割れるような音がした。

「かたじけない！」というナツの声が響いた。ナツはどうしてか、ときどき、時代劇な口調になる。

どうにもナツの身体の大きさと、店の広さのバランスがつりあっていないらしい。ナツは頻繁《ひんぱん》に椅子やテーブルに足だの手だのをぶつけては、「うっ」とうめいて涙目になっている。

それはそれで――「不器用なイケメン店員の動揺っぷりが可愛い」と、通ってくれる女性客もいるので、世の中とはわからないものだ。

ただしホールではぶつかる程度で済んでいるが、厨房に入ると油断するのか、グラスを割ったりもする。厨房で怒ると、店のほうにも声が漏れるから、フユはその場ではなにも言わない。そのかわり閉店したあとで「グラス一個分、おまえの給料から差し引くからな」と、地の底から響くような声でナツに告げ、睨みつけるのだ。

——だけどナツさんて、そもそも給料もらっているのかな？

「あ～あ。早く食べて店の手伝いしなくちゃ。ナツだけにまかせてたら、フユが切れるよ～」

ハルが慌《あわ》ててグラタンの残りを食べはじめる。

音斗も音斗で、店には出られなくても、皿洗いの手伝いくらいはできるからと、急いでグラタンを平らげる。マジックアワーに来てから、少しずつだが体調が良くなっていて、簡単な手伝いならできるようになった。歌江《うたえ》と違って、フユたちは「無理しないで寝てなさい」と音斗に言ったりしない。音斗はそれが嬉しくてならない。

と——厨房につながるドアが開いた。

顔を覗かせたフユを見てハルが言う。

「わかってるって。いま食べて、すぐに店に出るから」

「そうしてくれ。お客さまが回らなくて、外にまで列ができちまってる」

「え、また外に列できたの～？　こないだ、商店街のえらい人とお巡りさんとが来て、邪魔にならないように並ばせてくださいって注意受けたばっかりだよね」

「そう。早いとこお客さまをさばいて、店の外の列を崩さないとまずい。ハルはホールと厨房の両方を手伝ってくれ。ナツがやるよりは綺麗に生クリーム盛ってくれるしな。あと、音斗くんはできたら外の列を整理してくれないか？　通行人の邪魔になるとまた商店街のえらい人から苦情くるから」

「うん。わかった」

ハルも音斗も急いで椅子から立ち上がり、厨房から店へと抜けたのだった。


満席の店から、外へと出る。

五月の半ば——昼はいいとして、夕暮れを過ぎた札幌はまだ肌寒い。

商店街で手入れをしている花の寄せ植えが街灯に照らされ、眠りにつくように慎《つつ》ましく蕾《つぼみ》を閉じている。ついこのあいだやっと桜前線が到達したばかりの札幌である。花の盛りはこれからだ。

店の前に並んでいるのは見事に女性ばかりだった。グループごとに固まって横並びになっているものだから、商店街の他の店の手前に人がはみ出ていたりする。なるほど、これは注意されるはずだ。

「すみません。お待たせしてます。お名前、書いていってください」

音斗は未使用の学習帳のページに番号を振り、簡単な枠をつけた。筆記具を持って、並んでいる人たちの名前と人数とを記入してもらい、番号を割り振っていく。ノートを回すついでに列整理をし、他のお店に迷惑にならないように誘導する。

なんとなく、列の一番後ろを見た。長いなあ、どこまであるのかなあなんて思って眺めたら――。

「あ……」

思わず声が漏れる。

最後尾に、守田がいた。音斗と視線が合ったら、ちょこんと頭を軽く下げたので、間違いない。

――守田さん、なんで？

なんでっていうか、パフェを食べにきたのか。

どうやら守田はひとりで来ているようである。守田の隣に並ぶ人はいない。

ノートに名前を書いてもらい、じりじりと守田のところに近づいていく。それまでは並んでいる人たちの会話もぼんやりと耳に入っていたのに、いまや音斗は上《うわ》の空《そら》だ。

動揺し、視線をさまよわせ——もう一回また守田を見る。

目が合うと、恥ずかしくて、どうしたらいいのかわからなくなる。

——だって守田さんの私服姿だもの。

胸元にバンビが描かれた淡いブルーのパーカに、デニムのスカートがとても似合っている。蝶柄《ちょうがら》のビーズ刺繍《ししゅう》の縫《ぬ》い取りがある黒と紫の布バッグを片手に提げていた。

制服のときとは違う可愛らしさがあって、音斗の心臓は破裂してしまいそうにきゅーんと膨らんだ。一気に膨らんで体積がかさんだ心は、身体のなかに押さえつけられなくて、飛び出てしまいそうだ。

とうとう守田のところに辿《たど》りつく。店から客が出ていき、前のほうに並んでいた人たちが入店する。その人たちの名前を斜線で消しながら、音斗は守田の前にそわそわと立つ。

「高萩くんちのお店、すごく繁盛してるね」

「うん」

筆記具を渡す。守田が名前を書く。

守田曜子《ようこ》――「曜子ちゃんっていうのか」なんて、あらためて、ぽわぽわと思う。知っていたけれど、守田本人の手書きの文字で名前を見ると、またあらたな感動がある。

「もらったチラシのクーポンが今日までだったから」

守田が片手を差しだし、手のなかに握りしめていたものを音斗へと見せる。守田が持っていたのは、以前、ハルが守田に渡したチラシの「割引クーポン券」だった。期限が今日までになっている。

――クーポンの期限前だから、みんながパフェを食べに来てるのかな？

もちろんそれだけじゃなく地方雑誌に掲載されたことや口コミの効果もあるだろうが、ここ数日の繁盛のおおもとの要因はクーポンかもしれない。

「高萩くんのお兄さんたちってみんなかっこいいんだね。さっきチラッと顔出した人もお兄さんだよね？」

「かっこいい……かなあ。そうかもね」

商店街の人には、フユたちは音斗の兄であると思われている。あえて訂正する理由もないので、特に否定しないで過ごしていた。

「最初はね、不良がやってきたって、商店街の一部の人たちが、高萩くんのお店のことといろいろ言ってたんだ。だからパフェも食べにいくなってお父さんに言われてたの。……ごめんね。この商店街、古い店とお年寄りと、その後でできた雑貨屋さんや古着屋さんとの二大勢力があるんだ。古くからいる人たちは後から来た人たちのことは、とりあえず悪口を言うの」

きゅっと首をすくめて、守田が小声で言った。周囲の人に聞かれないような小さな声だから、必然としてくっつくように近づくしかなくなる。音斗はどぎまぎしながら「商店街に派閥《はばつ》があるなんて知らなかった」と答える。

「でも、高萩くんのお兄さんたちは不良で髪を染めてるんじゃないよね。顔が違うもん。日本語はぺらぺらだけど、目の色も、顔立ちも、外国の人だもんね。高萩くんは、お兄さんたちよりは日本人っぽい。お父さんとお母さんのどっちが外国の人なの？」

「お母さん……かなあ。お母さんが、日本人と別などこかの混血だったみたい」

国籍の問題ではなく、人間か人間以外の生き物かという遺伝である。微妙な気持ちで曖昧に濁《にご》すしかない。実は先祖が吸血鬼だったみたいでなんて、なかなか言えるものじゃない。

守田の後ろに人が並んだ。守田とまだ話していたかったけれど、後ろの人に名前を書いてもらわないとならない。

音斗が、守田から離れかけた、そのとき——。

ヒュンッと風の鳴る音がした。気配がして振り向く。無灯火の自転車が走ってきて——守田の手からバッグを奪《うば》って、去っていく。

「あ」

一瞬、バッグごと腕を引っ張られた守田が、悲鳴を上げて手を放す。

「泥棒《どろぼう》っ」

列になって待っていた客たちが、守田に遅れて声を上げた。あっというまに周囲が騒ぎだす。

「バッグが……」

そして――音斗は、ドミノとしての身の程《ほど》をわきまえず――泥棒に向かって叫び、守田のバッグを奪い去った泥棒を追いかけるために走りだした。

――あれ、僕、走れてる？

自然と身体が前にのめって、足が前後に進む。どうやって走るか知らなかったはずなのに、守田の悲鳴と、バッグを取られたと把握した刹那《せつな》の悲しい顔が、音斗の身体機能のネジを巻いた。ギリギリと見えない手にネジを巻かれ、自転車についていて走っていく。

――でも、届かない。

というより、むしろ遠ざかる。

自転車に乗った男の着ぶくれしたようなもこもこの背中がぐんぐん小さくなっていく。立ち漕《こ》ぎをする男のフードつきの黒いジャケットの裾から、オレンジと赤と茶色と黒のまだら模様がはみ出て、たなびいている。

必死で走りつづける。音斗の呼吸が荒くなる。手と足が痛くなって、引きちぎれそう。

もう駄目だと思ったと同時に――。

すごいスピードでなにか大きなものが音斗の横を走り抜けていった。

「音斗くん、走ってるのか。大変だな」

しかもその物体はそう言い、通りすがりに音斗の頭をわしっと撫《な》でた。ナツの撫で方だと思ったときには、ナツの背中が見る見る遠くなる。重量感のある金色の空気が、台風みたいに遠ざかっていくような感覚がした。

「音斗くん。泥棒だって？　迷惑だよね～。うちの店の列で並んでて窃盗《せっとう》なんて、商店街と派出所の人に文句言われちゃうよ～」

音斗の後をついて泥棒をつかまえに走ってきたのは、ナツだけではなかった。ハルも追いついて、音斗のすぐ横で少し速度を緩《ゆる》めて、そう言った。暢気な言い方だった。

「フユに『二度と泥棒なんてしないでおこうっていう目に遭《あ》わせてこい』って指示を出されたからさ、面倒臭いけど、言われたことしてくる～。夜だし、僕たち、夜なら人間以上のパワーが出るし～。じゃ、音斗くんは、ゆっくりおいで～」

そう言ってハルが「本気を」出した。

途端、ハルも一気に遠ざかる。自転車はもうとっくに見えなくなっていて――それを追うナツの姿も、ついにはハルの背中も見えなくなって——。

ハルたちの姿がちゃんとした人の形から手や足の先が闇に溶けてぼんやりとしたひとかたまりのシルエットに変化していくのを、悔《くや》しい気持ちで見送る。

がくんと、膝が震えて、崩れた。それと一緒に、巻かれていたネジが切れた。

音斗ははあはあと息を荒くして地面に手をついて立ち止まった。足の下で地面を蹴飛ばしたせいで、いつになく足の裏が痛む。足の裏って痛くなるもんなんだなんて、そんなことを思う。太股も痛くて、震えている。

吹きつける夜風が肌に冷たい。

パタパタと足音がする。歩いてくる靴のつま先が視界に入る。見覚えのある、デニムのスカートとハイソックス。さっきまでドキドキして見ていた可愛い服装。

——最悪。

「高萩くん……大丈夫？」

守田だった。

守田もまた、泥棒を追って走ってきたのか。音斗は自転車を追いかけるのに真剣で、自分の後ろを追ってくる者たちのことまで気が回らなかった。

音斗は、またもや守田に格好悪いところを見られてしまった。守田のバッグを泥棒から取り返そうと走ったのに、途中で力尽きて、膝をついてぜーぜーいっているところを見つかって——。

「立てる？」

守田が音斗を労《いたわ》り、腕をつかんで、そっと引っ張り起こしてくれた。視界がぐるぐる回り、いまにも倒れそうなのをぐっと堪《こら》える。ふと周囲を見渡すと——まだここは、店のすぐ近所だった。あんなにたくさん走ったと思ったのに。『マジックアワー』の前の商店街通りからすぐの角を抜け、小道に入ったあたり。そりゃあハルとナツが追いつくはずだ。守田が様子を窺《うかが》いにやってこられる程度の距離だ。

「立てる。大丈夫」

うつむいて応じた。

どこからともなく——「おとうさま」という声が聞こえてくる。「お父さま」という単語は音斗には無縁だ。自分が情けなくて地面とにらめっこする。「お父さま～」という声と地響きが迫ってきた。それでも音斗は息を整えるためにじっと固まっていた。貼りついたみたいに、手も足も動かない。疲れるって、こういうことなのだ。

しかし――。

「お父さま～」

音斗はポンと肩を叩かれ、仕方ないから顔を上げた。

「……太郎坊さんと次郎坊さん」

太郎坊と次郎坊である。がっしりとした体軀《たいく》に人のいい笑顔を浮かべた牛の遣い魔が「音斗さま」と間延びして言う。「おとうさま」じゃなくて「おとさま」だったのか！

驚く守田に説明するひまもなく――太郎坊がひょいと音斗を抱え上げた。いわゆる「お姫さま抱っこ」である。次いで、次郎坊も守田を同じように抱き上げ「泥棒を追いかけましょう」「そうしましょう」と大声で言って走りだす。

「え、ちょ、ま……」

太郎坊と次郎坊は音斗たちの動揺なんて見事におかまいなしだ。

「あなたたちは誰？」

守田が目を丸くして、眼鏡《めがね》が落ちないようにと必死で眼鏡を片手で押さえ、次郎坊に問いかける。音斗は音斗で、勢いよく駆ける太郎坊に振り落とされそうで、その首ねっこにしがみついていた。

「もともとはフユさまたちに仕えておりまして、こちらでは音斗さまの右足になって音斗さまを助けるようにと裏でフユさまに命じられました次郎坊でございます」

「次郎坊、それは違う。右腕になれと言われたのだ。いずれ音斗さまに『我が右腕の次郎坊はこれぞ』とお褒《ほ》めいただくくらいの者になれと。つまり頭も使えとも言われた」

「右腕なのに、頭なんていらんではないか」

「いやそれは人としての言い回し。『だれそれの右腕』というのは、その人にとって、とても頼りになる相棒というような意味合いぞ」

「人は、自分の身体の部位にまで優劣をつけるのかのう。右腕が一番頼りがいのある部位なのか。おかしいのう。足や心臓や頭の立場はないではないか」

音斗と守田をそれぞれに「お姫さま抱っこ」した状態で全速力で走りながら、太郎坊と次郎坊は軽やかに話しつづけている。

音斗を見る守田の眼鏡の奥の目が「この人たちは、なに!?」と問いかけている。

答えたいが、うまく説明できる気がしないし、下手に口を開くと舌を噛《か》みそうで、なにも言えない音斗だった。

そして——十分までも駆けないうちに、音斗たちは泥棒とそれを追いかけるハルとナツに追いついた。

びゅんびゅんと車が走る道である。

泥棒とハルとナツは、部活動で走る選手とその併走者のコーチやマネージャーのようだった。どういうわけかナツもハルも自転車に追いついているのに、捕まえようともせず、隣に並んで走りながら声かけをしつづけている。

暢気さと軽さは、音斗と守田を「お姫さま抱っこ」して走る太郎坊、次郎坊たちとまったく同じだった。

「そんなに自転車のペダルを頑張って踏みしめて、大変だな」

ナツが労る笑顔で泥棒に言う。つかず、離れずの、絶妙の距離だ。

「本当だよね～。特にこれっていうゴールもないのに、全速力でがんばるのって心が強くないと難しい気がするわ～。僕、無理かもしれない。逃げるためだけの努力って、向いてない」

「ハル、向いているか向いてないかじゃない。たぶんいま泥棒の人は、逃げ切ることに努力している。その努力の形が美しいじゃないか。その努力に俺は感じ入るのだよ」

そう言ってナツが自転車にそっと近づき、泥棒の頭を大きな手でわしわしと撫でた。

「ひっ……ひぃ〜っ」

泥棒は半泣きになっている。

かぶっていたフードはいつのまにか捲《まく》れ落ちていた。眉が八の字に垂れた気弱そうな男の顔が露出し、街灯と自動車のライトに照らされている。髪の毛はぼさぼさで、髭《ひげ》がまばらに生えていた。

首をすくめ、自転車を漕ぐ男がふらふらと揺れる。横を行き過ぎる自動車がクラクションを鳴らして、大きく迂回《うかい》していく。

「危ない。気をつけるんだ。ほら、がんばれ」

バランスを崩した自転車はナツが背中を支えることで安定し、再び走りだす。

——どうして捕まえないんだ⁉

前に、後ろに、右に、左にと——自転車の向かう方向にあわせて、ハルとナツが併走している。短距離走の勢いで長い距離を走りつづけているのに、散歩をしているような話しぶりで呼吸ひとつ荒らげていない。それだけでも不気味なのに、ナツもハルもあまりにも幸せそうな笑顔なのだ。

——怒った顔で追いかけられるより、怖いかも。

泥棒は自転車のペダルをぎゅんぎゅん回した。ハルとナツを振り切ろうと途中で向きを変え、違う方向に向かう。

「そうだな。交通量の多い道は、きみが危ない。これくらいのほうがいいと思う」

——どういうアドバイス？

ナツが大声で言い、高らかに笑っている。笑いながら、ハルもナツもぴったりと自転車の動きについていく。

「……んだよ。俺がなにしたってんだよう～」

「なにって……泥棒したよね。泥棒したから逃げてるんだよね」

「そう。泥棒をしなければならないほどの大変なことが、きみの人生にあったんだと思うと、俺も黙ってはいられない。俺には力しかないが、そんな俺にできることがあるなら言ってくれ」

「追いかけないでくれよっ」

「すまん。無理だ」

即答だった。泥棒が絶句し、やけになったように足の回転を速くする。

——頭を撫でられるなら、片手に持ってるあの守田さんのバッグだって奪い返せると思うんだけど。

それをしないのが、フユによる『二度と泥棒なんてしないでおこうっていう目に遭わせろ』という作戦なのだろうか。追いついても、決して捕まえないで、音《ね》を上げるまで併走しろと!?

だとしたらフユはとことん性格が悪い。

泥棒の呼吸はナツたちと違って苦しそうだ。体力と精神力が尽きてきているのかもしれない。

「……って、なんか増えてるしっ」

後ろから追いついてきた音斗たちにやっと気づき、泥棒が顔を歪めた。

音斗と守田を「お姫さま抱っこ」した巨体の太郎坊と次郎坊が走り込んできて横に並ぶのを見て「なんだよ。なんなんだよ」と涙目になっている。

「それはこちらの姫さまの鞄《かばん》なので返してください」

「中学生が大金を持っているとも思えないし、その鞄、一見したところ縫製もおおざっぱな大量生産品で存外安物のように見受けられる。盗むほどの価値もないと思われる」

真顔で言う太郎坊と次郎坊に「え」と守田が絶句していた。

「安物とか言うなっ。大金じゃなくても僕たちの大事なお小遣いだよ。第一、物の価値は値段じゃないっ。大事だって思う気持ちが大切なんだし、それは守田さんのものなんだからっ」

上下に揺すぶられながら音斗が叫ぶと「いいこと言うね〜。その台詞、フユに聞かせてあげたい」とハルが笑う。全員がすごいスピードで走っているということ以外は、ピクニックかというくらい、ハルたちは暢気な声音と表情である。泥棒だけが疲労の色を濃くしていく。

「おまえらなんなんだよっ」

「オイラは音斗さまの左腕になる者です」

次郎坊が真顔で応じる。太郎坊が訂正する。

「いや、右腕だってさっき教えただろう」

「オイラいまいち頭が弱いから、その座は太郎坊に譲ることにして、素直に左腕か右足になろうとさっき思ったところでのう」

「そうか。悪いな。じゃあ自分が音斗さまの右腕をもらうか」

顔を見合わせてニタリと笑う。笑いながら音斗たちを「抱っこ」して全速力で走る。夜の闇と事態のシュールさと太郎坊たちの屈強さに、ニタリ笑いがさらなる不気味さを加えていた。イヒヒ……というふたりの示し合わせたかのような笑いゆえ、音斗は自分の右腕が、太郎坊にポキリと折られそうな気がした。「もらう」という言い方が、マズイ。

泥棒も、もはやなにがどうなっているのか混乱し、わからなくなったのだろう。

「ひい〜っ」

と、泣いた。

泣きながら、加速した。

貼りついて走る四名（プラス抱えられている二名）を振り切ろうと立ち漕ぎをした自転車の前輪が道の段差に乗り上げ——男が、飛んだ。

「危ないっ」

空中に跳ねた泥棒の身体を、ナツが走っていって抱きとめる。泥棒の手から離れたバッグも、弧を描いて綺麗に舞った。ハルもジャンプしてバッグを捉《とら》えた。

泥棒は、ナツに「お姫さま抱っこ」をされて顔をぐしゃぐしゃに歪めた。

「……大変だな」

ナツの低い、優しい声が夜の空気に溶けた。無垢《むく》な優しさや木訥《ぼくとつ》さは、周波数が違う相手に届いたときは、状況によっては恐怖になるということを音斗は身をもって知る。

「その人をいま一番大変にさせてるのはナツさんだよっ」

すかさず突っ込んだ音斗に、ナツが首を傾《かし》げる。その腕のなかで、泥棒が「助けてくれ」と泣き顔で訴えていた。

「俺が悪かったよ〜。俺、頼まれてそのバッグを奪っただけなんだよ。だから文句があるんなら俺じゃなく、その人に言ってくれよ〜。もうやだよ〜。なんでみんな俺のこと、追いかけてくるんだよ〜」

嘘か本当か不明な泣き言だ。中学生の女の子のバッグに入っているお金なんてたかが知れている。頼んで盗むようなものじゃない。盗みやすそうな位置にあって、ふらっと盗んだのならまだ理解できるが。

「そうなのか？　それは大変だったな。頼まれ事をするということは、きみは善人なんだな。なのに、こんなひどい目に遭うなんてなあ。世の中は善人には生きづらいふうにできているからなあ」

しみじみ同情したように言うナツの本気度が伝わってくる。本心から「大変だな」と思っているのならどうして泥棒をこんな目に!?　全部が微妙に間違っている。

「太郎坊さんも、いい加減、僕のこと降ろしてよ。守田さんのこともっ」

――僕がしっかりしなくちゃ、この人たちじゃ、収拾がつかないよ。

せめてフユがいてくれたら。でもフユだって、たまにピントがとてつもなくズレているし、大人げがない。みんな「いい大人」に見えるし、実際みんな「いい」大人だ。悪人じゃない。でも一般常識が欠片《かけら》もない！

太郎坊の腕から降りると、乗り物酔いになったときのような目眩《めまい》がした。音斗がふらふらしているあいだに、守田も無事に地面に降ろされる。

ハルが守田の隣に走り寄り、その横顔を覗き込み、笑いかけた。手にしていたバッグを守田にさっと手渡す。

「はい。バッグ」

「あ……ありがとうございます」

「守田さんのピン、今日は苺《いちご》だね。前に会ったときは、お花のピンで髪を留めてたよね。そっちも似合ってたけど、今日のも可愛い」

「え……あ……」

次の「ありがとうございます」が小声になった。

――ハルさん！

守田がいくつもピンを持っていて、つけかえていて――それが似合っていて可愛いことなんて、音斗だって気づいていた。ハルより先に気づいていても、言えなかった。

バッグだって音斗が取り返そうと走ったのに――結局、途中で疲れ果てて倒れてしまったし、奪い返したのはナツやハルのおかげだったとしても――それにしたって……あんまりだよ。

「俺、ただのホームレスなのに、なんでこんな目に……」

涙で顔をぐしゃぐしゃにした泥棒がナツの腕のなかで顔を覆《おお》って、つぶやく。

「高萩くんのお兄さんたち、本物だね……」

守田が尊敬のまなざしでハルを見て、ささやいた。

そして次の瞬間――男と守田がふたり同時に大声で言った。

「「助けてください!!」」

その場にいたみんなが顔を見合わせた。バッグも取り戻したし、泥棒も捕まえた

というのに――さらに「助けて」ってなにを？

5

店に戻ったら外に並んでいたお客さんたちがいなくなっていた。泥棒《どろぼう》騒ぎのせいだろうか。閉じた扉を横目に、裏手に回り、裏口から家へと戻る。

バッグを奪った男は言われてみればホームレスかもしれないと思わせる風貌だった。てんでばらばらにした重ね着はお洒落《しゃれ》ではなく実用性ゆえ。顔色もどことなく冴《さ》えない。漕《こ》いでいた自転車は、川辺に落ちていたものを自分で修理したのだそうだ。

それまでは札幌《さっぽろ》地下街を中心に、昼は地下街で邪魔にならないように眠り、夜になって地下街が閉鎖されたら札幌市内を夜通し歩いたり、公園で休息したりもしていたそうだ。けれどある時期から、地下街で眠ったり、歩いたりすると、追いかけられるようになったという。

「突然、知らない連中から追いかけられるようになった。それでホームレス狩りかと思って、怖くなって逃げる手段を探して、自転車なら自力で走るより速く逃げられるし」

ナツにぎっちりと手を握られてしまい、どうしようもなく『マジックアワー』に

連れてこられた男が、しぶしぶと話しだす。

「ナツ、店に行って、フユに伝えてきて。泥棒を言われたとおりに追いつめて、つ

いでに連れてきちゃったよって。警察には伝えてないよってのも。泥棒の人と、守《も》

田《り》さんが、大変なんだってさ。なにがどう大変なのかをいまから聞くよってのも」

ナツが「合点承知」とつぶやいて去っていく。

「太郎坊《たろうぼう》と次郎坊《じろうぼう》も店を手伝ってきて。フユがこっちに来たら、僕がフユと交替す

る。ちょっと……匂いが……」

指示を出しながら、ハルは窓を少しだけ開けた。たしかに男は、ちょっと臭い。

耐えられないほどじゃないけれど。

「その追いかけてくる人って、みんな、若いですか？　十代というか……中高生く

らいというか……もしかしたら小中学生かな」

音斗《おと》が尋ねる。うっすらと、追われる理由に思い当たる。重ね着した後ろ姿。立

ち漕ぎしたときに翻《ひるがえ》った尻のあたりに揺れる布地に、見覚えがある。

「そうだよ。追いかけてくるのが、みんな、子どもなんだ。きみくらいの子から、もうちょっと年上の子——でも俺からしたらみんな子どもだ。なんでわかった？　なにもしないで、ただ歩いてるだけでも突然追いかけられて困ってたんだ」

「なんでって……。あなた、たぶん一部で有名だから」

地底人動画——札幌には地底人がいるという、噂。

動画に映されていたのは長身の重ね着した男の姿で、手がかりになるとしたら、後ろ姿の上着の裾《すそ》からはみ出すシャツの色合いと柄《がら》だけ。

「有名？」

男がびくついて尋ねる。あまりにもおどしているから、かわいそうになってくる。得体の知れないナツや太郎坊たちにひたすら追われて、そのまま連れてこられたから、怖がってても不思議はないとしても。

「ハルさん、僕に動画見せてくれましたよね。地底人の。あれって、ぼやけたシルエットだけだったけど、この人と服装が似てませんか？」

「うん。似てたね」

音斗が言うと、ハルがニッと笑った。ハルもそれに気づいていたらしい。

ハルは傍《かたわ》らに置きっぱなしだったモバイルを引き寄せて電源を入れる。カチカチとクリックし、画像を呼びだす。

夕飯を食べたときに見せてもらった動画のなかの姿と、目の前の泥棒は、なんとなく似ている。

「ジャンパーから出てるシャツの組み合わせが同じですよね。これって、あなたじゃないかなと思うんです。この動画、見たことありますか？」

「なんだよ、これ。俺……かもしれないけど……わかんないな」

男はしげしげとディスプレイを見た。

「あ……これって『地底人』さんだ」

守田が驚いた声を上げた。

「え、守田さんまで知ってるの？」

「うん。お姉ちゃんが見せてくれたの。この『地底人』さんを見つけると百万もらえるんだって……」

言いながら、守田の表情が強《こわ》ばったものになる。

守田は花が萎《しお》れるみたいに、みるみる、うなだれた。なんで、と、音斗は守田を見守った。

——守田さんをしょんぼりさせてしまった……。でも、どうして？

「きみは地下鉄の線路を歩いたことがあるの？」

ハルが男に真っ正直に尋ねる。

男はぶるっと身体《からだ》を震わせて「一度だけ」と、小声で応じた。

「自分で入ったんじゃないんだ。線路んなかには入れないようになってるから。深夜になったら地下鉄構内にはシャッターも降りるし。そんときは、終電間際《まぎわ》で、酔っぱらった若い男の集団に叩き起こされて、追いかけられて——どうしてそうなったかわからないけど、気づいたら、線路にいた」

「気づいたら？　地下鉄の線路って落ちないようになってるホームがほとんどですよね。それに落ちたら高圧電流で大火傷《おおやけど》か、もしくは最悪、死んじゃうんじゃ……」

音斗が疑問を口にする。

「古い地下鉄は第三軌条《きじょう》っていって、高圧電流が流れてる。でも最近になって建設されたのは架空電車線方式になってて、感電しないんだよ。札幌だと南北線が第三軌条で、東豊《とうほう》線と東西線は架空電車線方式」

男ではなく、ハルが応じた。言葉だけではわかりづらいと思ったのかキーボードで漢字を打ってメモし、みんなに見せてくれる。学校の先生みたいだ。

「じゃあ、この動画の『地底人』は東豊線か東西線を歩いてるのかな」

「東西線は駅のホームには可動式の扉みたいなのがある。東豊線のほうが、線路に落ちる可能性が高いっちゃあ、高いかな」

ハルが眉根を寄せて唇を尖《とが》らせる。

「でも――いくらなんでも、落ちたら覚えてるんじゃないのかしら。気づいたら線路にいたって……」

守田が不思議そうにつぶやいた。

「あるよ。気づいたら、違う場所にいるってのは、あることだよ。僕はよくある。……ドミノだから」

音斗が答えた。

なにかの拍子に具合が悪くなって倒れ――気づいたらベッドで、傍らに母がいた。先生がいた。医師がいた。そういうことは、音斗にとってはよくあることだ。

守田がハッとしたように音斗を見る。音斗は苦笑して、泥棒でホームレスで地底人かもしれない男に視線を戻す。

「あなたは逃げてる途中で倒れたんですね。理由はわからない。とにかく倒れて、意識を失った。そのあいだ、誰かに、移動させられたんだ。たぶん」

でも、誰に？

「そうなんだろうな。あんときはパニックになってた。頭がガンガン痛くて、つらかった。頭、ぶたれたのかもな。それとも転んだのかな。……もしかしたらあいつが助けてくれたのかもしれない」

少しずつ男の舌が滑《なめ》らかになっていく。ハルと音斗と守田という取り合わせだからなのかもしれない。ナツや太郎坊たちはどうしても威圧感があるから。

「誰が？」

やっぱり「誰か」がいたのだ。動画を撮っている誰か。それは——誰だ？　なにを意図して動画を公開したのだ？

男がもごもごと居心地悪げに話をつづける。

「たぶん、占い師が」

「占い師？」

「でも夢かもしれねー。よくわかんないんだ。前後の記憶がなくて……気づいたら線路に寝てた。起きたら隣に占い師がいて『闇を知る一族かと思い助けたが、違うようだな』って言われた。『一族じゃないならあっちに行け』って言われて怖くなった。妙なことを言うから頭がおかしい奴なのかもって。それで言われたほうに走って逃げて……」

「待ってください。占い師って？」

「さっきも言ったけどさ、俺は、夜になると市内を歩きつづけるんだよ。昼は地下街で眠る。でも地下街のシャッターが閉まったら外に追いだされる。札幌の夜に外で寝たら、最悪、凍死する。寒い。だから夜中は外を歩きつづける。白転車でもいい。とにかく移動しているほうが一箇所に留まるよりは、あたたかい。しょっちゅう移動していたら、やっぱり深夜にしょっちゅう移動してる占い師に会うようになった。そいつだよ」

「それって『伝説の占い師』さんじゃないかな」

またもや、守田が言った。

「伝説の占い師って？」

「札幌のあちこちを移動してる幻の占い師さん。『死にたい』ほどつらい気持ちになった人のところに現れるんだって。イケメンで、つらい思いをしてる女の人の願いを聞いてくれるって、お姉ちゃんが言ってた」

守田が真顔で言うので、音斗も真面目《まじめ》につぶやいてしまう。

「願いを聞いてくれるのは、占い師じゃなくて、魔法使いとかそういうんじゃないのかな」

「そうだよね〜。願い事を叶えてくれってのは、占いじゃなくて、魔法だよね。音斗くん、いいこと言うね」

「そういえばそうだよね。でもみんな『占い師』って言ってるよ」

守田が言った。

音斗の脳内を「占い師」という単語が刺激する。地底人のシャツの裾がチラチラと翻っていたのと同じ感じで、引っかかるものがあった。最近、占い師という単語を、どこかで聞いた気が……。

音斗の思考を、ノックの音が打ち切った。ドアが開き、フユがパフェを三個載せたトレイを持って登場する。

「ご苦労さん。ハル、交替だ。太郎坊と次郎坊じゃ客受けが悪い」

淡々と言い、パフェをテーブルに並べる。後ろから、大きな身体を縮めるようにしてナツもついてくる。

並べついでにフユがチラッとホームレスの男に目線をやり、あたたかいタオルを空中で広げ「顔を拭《ふ》け」と命じて渡す。きょとんとするホームレスの男からジャンパーを引き剝《は》がすと、男が必死で抵抗した。

「着替えも用意する。ナツのを借りろ。おまえのせいでナツが臭《くさ》いんだよっ。パフェ屋なのに、店員の服が妙な具合に香ばしくてどうする。ふたりとも一緒に風呂に入れ。一緒にだ！」

「え……」

「被害甚大《じんだい》だ。そんな臭《にお》いを撒《ま》き散らされるなんて営業妨害なんだよっ」

絶句するホームレスの男をナツが抱えようとした。二度目の「お姫さま抱っこ」は阻止したかったのか、男はのけぞって首を横に振り「わかりました。わかりました。風呂に入ります」と大声を張り上げた。そのまま途方に暮れた犬みたいな顔をして、ナツに引きずられ部屋を出ていく。

「脱いだものは他のとは別にしてすぐに洗濯機を回せ。いいか、すぐにだ！」

ナツの背中に向かってフユが吠えた。黙っていたら格好良いのに、口を開くと、所帯臭かったり、ケチだったりのフユである。

「フユ、信じられないことかもしれないが、いまのが『地底人』だよ。あのさ、いまおもしろくなってきてるところだから、もうちょっと待って。ちゃんとお店に出るけどあと少し待って」

「ハル！」

「だって、僕たち、守田さんと地底人とに『助けて』って言われて、ここに連れてきたんだよ～。……あ、なにを助けてもらいたがってたのか、地底人の人から聞くの忘れた。単に、捕まえないでっていう意味だったのかな、あれ。そうだ。守田さんの『助けて』もまだ内容聞いてないよね」

ハルが暢気《のんき》に言い、フユがハルの耳を指先で摘《つま》み上げた。

「痛い。痛いって。でも、そんなこと言いながら、パフェを三個持ってきてくれるフユなのであった。いただきまーす」

パフェをひとつ手元に寄せ、スプーンを差して食べだすハルを見て、フユがチッと舌打ちをする。守田に音斗にハルの分。文句を言うけれど、フユは、みんなに甘い。泥棒をしたホームレスの男にすら、甘い。

むすっとしたままのフユと、ふわふわ笑うハルを見て、守田が口元を緩《ゆる》ませた。

「バッグ、取り返してくれてありがとうございます。やっぱり、高萩《たかはぎ》くんの家の噂は本当だったんだね」

またもや「噂」だと、音斗は、守田を見返す。

「お兄さんたちって夜はパフェ屋さんで、昼は探偵しているんだよね？」

「は？」

「しかも噂によると、家出した男の子をたった一日で見つけて連れ戻したくらい、できる探偵なんだって聞いたよ。すごいよね。それが本当かを聞きたくて、お父さんに止められてるのに、こっそりとうちを出てパフェ食べにきたんだ。実は私、高萩くんのお兄さんたちに、家出したうちのお姉さんを見つけてもらえるか頼みにきたの」

音斗の頭に疑問符がたくさん並んだ。

「お姉さん、家出したの？　それに、どこでそんな噂が流れてるの？」

「S小学校の家出少年を連れ戻したって、S小学校のなかで噂になってるんだよ。ここのパフェ屋さんの人は男の子を家出から連れ戻してくれただけじゃなく、その子の命の恩人でもあるんだって。それが中学校のPTAのお母さんたちにも広まって、巡り巡って商店街でも話題になってる」

「S小学校って僕の卒業したとこだ」

――家出した男の子って、もしかして僕のこと？

音斗はたしかに家出した。そしてフユたちに一時的にかくまってもらい、たぶんある意味では命の恩人である。もしそうならば、かいつまんだら「だいたい、合ってる」が、細かい部分をはしょりすぎの噂だ。

「高萩くんの小学校なんだ？　だから高萩くんのお兄さんたちが家出捜査に協力することになったの？」

「申し訳ないけど、守田さん、その探偵だっていう噂、間違ってるよ。ここはパフェバーで、フユさんたちは探偵はしないよ」

「僕たち探偵はしてないな」

ハルも同意する。

「でも昼のこの家には誰もいなくてしーんとしてるって聞いたよ。回覧板持ってきても誰も出てこない。それはみんなが探偵をするために昼間は出払っているからだって思ったの。高萩くんのお父さんとお母さんが一緒に暮らしてないのも、ここが探偵事務所を兼ねているからじゃないの？」

「みんな昼間は寝てるだけだよ。それにうちのお父さんとお母さんは……その……ここじゃあ住むスペースが足りなくて……ええと……」

音斗が両親と一緒に暮らしていないことが近所には筒抜けになっているらしい。どうごまかそうかと焦《あせ》る。実は音斗は春に家出をしてここで暮らしはじめたんですって言ってもいいのだろうか。守田に「不良だったんだ」と軽蔑されたりしないだろうか。

「そうなの？　前に高萩くんのお母さんに学校で会ったとき、ここはお店で、おうちは別なところにあるって言っていたから……別々に暮らすには理由があるのかなって」

守田が目を瞬《しばたた》かせた。

「そうか。守田さん、うちのお母さんと会ってるもんね」

そういえば音斗が倒れているあいだ守田と母は話をしたと聞いた。

口ごもった音斗のかわりにフユが話しだす。

「守田さん、音斗くんが言ったように、この家の間取りだと男四人住んでるだけでもうぎゅうぎゅうなんだよ。太郎坊と次郎坊も手伝いにくるしね。なんていうか……音斗くんにとってはここは別宅みたいな感じかな」

「別宅？」

「音斗くんはたまに家に帰ってる。それから、俺たちは場合によっては探偵事務所もやってもいいよ」

「やっぱり探偵も？」

守田の声がワントーン上がる。

フユは椅子を引いてすとんと座り微笑《ほほえ》んだ。

「でも俺たちだけの内緒だよ」

なにを言いだすのかと怪訝《けげん》に思う音斗を尻目に、フユが頰杖《ほおづえ》をついて守田に首を傾《かし》げてみせる。神秘的とも言える微笑みを湛《たた》え「俺は報酬次第で探偵もするよ」と、ささやいた。

「……フユさん」

見損なったよ！　報酬次第って⁉

「私……貯めてたお小遣いしか出せないの」

しゅんとして守田が言う。

「中学生から金を取ろうとは思ってない。でも、守田さんのところ、この商店街の顔役だよね。古くからいる商店街の役員みんなのまとめ役だ。近所の交番のおまわりさんとも仲が良い。守田さんの『家出したお姉さん』を探すと、金銭的な部分以外の報酬が戻ってくる気がする。そういうのも大切だから」

「フユさんっ」

音斗は、汚い大人めとフユを睨みつけた。守田さんに向かってなんてことを！

けれど守田は「うん。そうですよね」と、生真面目《きまじめ》な顔で、強くうなずく。

「私も、いざとなったらそれを切り札にしようかと思って、来たんです。うちの商店街は古くからある店と、新興の店とで、二つに分かれて仲違いしてる。交番のお巡りさんは、古い店に肩入れしますよね。私も、商売やってる家の娘ですから――

お金の大切さも、信頼の大切さもわかってるつもりです。善意だけを頼って、面倒なことをお願いしになんて来ません。ちゃんと代わりに差しだせるものがあることを前提にお願いにきました。私だって、もう中学一年生ですし」

守田が眼鏡《めがね》の位置を直しながら言う。音斗がはじめて見る守田の表情だった。眼鏡の奥の目が細められ、検分するようにハルとフユを往復した。

「噂が本当かどうかを見極めさせてもらってから、お話ししようと思ってました。実際、高萩くんのお兄さんたちは、なんだかわからないけどすごいってのは、実感しました。たまたま泥棒にあったおかげで、お兄さんたちのすごさがわかったんだと思うと、おかしいね」

思いだし笑いみたいにして、くすっと笑う。その笑顔は、音斗の知っている守田だ。

——女の子ってすごい。なんていうか……しっかりしすぎてるよ。それにころころと表情が変わりすぎるよ。

その事実にがっかりするかというと——そうでもないのだ。守田には「こんな一面もあるのだ」と思うと、さらに惹《ひ》きつけられて、もっと守田について知りたくなっていく。

――オセロみたいだな。

白と黒が両面にあって、なにかの加減でひっくり返る。オセロと同じに、違う色に囲まれると、人もまた別な面を出す。

同じ年なのにと、音斗は、ぼんやりと思う。学校での男子のからかいに対する対応もそうだが、音斗は、守田にはかなわない気がする。

「じゃあ、ハルと音斗くんで話を聞いといて。俺は仕方ないからもう少しひとりで店を回す。こういうのは適材適所だな。ハルひとりだと心配だけど、音斗くんがいるなら、ハルが脱線してもちゃんと引き戻せる。音斗くん、頼んだよ」

フユが立ち上がり、音斗の頭をぽんと撫《な》でた。一瞬だけ触れて、離れる。

頭の先にあったスイッチを押されたみたいな気がした。「頼んだよ」という言葉つきで、フユが音斗の頭を撫でた。ずっと年上の大人が、音斗になにかを頼んだ。

守田の前で信頼して、頼んでくれた。

「なんで僕だけだと心配なの？」

頬《ほお》を膨《ふく》らませたハルと、スイッチを押された音斗を見返し、フユは肩をすくめ

「早く食べないとアイスが溶けるぞ」と、忠告を残して部屋を出ていく。

俄然《がぜん》、やる気になる音斗である。

パフェを食べはじめた守田のほうに、身を乗りだす。

「守田さん、詳しく話してくれるかな。お姉さんの家出っていつから？」

「お姉さんて守田さんに似てるの～？　名前は？　高校生くらい？　でもちょっと子どもっぽくて夢想がちなところのある高校生と見た。そのバッグって、守田さんのじゃなく、お姉さんのだよね」

「そうです。高校生。これ、お姉ちゃんのバッグなんです。匂いとか、手がかりになるかなと思って、今日持ってきました。なんでわかったんですか？」

匂いが手がかりって、犬か！

「なんとなく守田さんの服のセンスとそのバッグの雰囲気が違う感じがしたから。だったらお姉ちゃんのものを借りたのかなって思って。それって十代の女の子が好きなブランドのバッグだよね。しかもムック本のノベルティバッグ。つまりオマケなんだよね。高校生くらいの子が背伸びして持つのにちょうどいい価格帯。なんでそんなこと知ってるかっていうと、それ、通販で買えるから。僕の村で、友だちが僕にネット通販頼んで予約したの。予約分で即完売になった人気商品だった」

音斗はポカンとハルを見る。ハルは、のほほんとした顔でパフェを掬《すく》って食べている。

「あと、さっきから『地底人』とか『占い師』とか、十代のあいだで話題になってることに守田さんが詳しかったから、お姉ちゃんも十代かなって思った。地底人見つけたら市営交通が百万くれるっていう噂、流れてるのが小中学校メインなんだよね。でも『占い師』の噂は女子高校生のあいだで広まってる。バッグと『占い師』から推察するに、高校生。夢想がちっていうのは、地底人の百万の話を本気で守田さんに伝えてるっぽかったから。高校生くらいになると人によっては、そんな噂は信じなくなる」

「すごいです」

守田が目をキラキラさせてハルを見る。

「こんなのはたいしたことないよ。僕のすごさはこんなもんじゃない。でも誉《ほ》められてのびるタイプなので、もっと誉めて」

ハルが笑顔で威張《いば》る。守田に賞賛されているハルが羨《うらや》ましい音斗である。

「で～、僕のすごさをもっとわかってもらうために推理するから、お姉さんの家出の時期と原因をわかる範囲で教えてくれるかな。あ、パフェ食べながらでいいからね」

スプーンを左右に振って、胸を張る。守田が慌《あわ》ててパフェをスプーンで掬う。

「きっかけは――お金だったんです」

「金？」

「内緒にしてくださいね……。うちの店、あんまりうまくいってないんです。個人の家電屋だから、ふらっと入って冷蔵庫買ってくれるお客さんなんていないし、昔からのお得意さま相手でどうにかしのいでる状態なんですよね。お得意さんたちも、いずれ安く物を売る大型店にもっていかれちゃって、先細りなんです。あ、それでも、いますぐどうこうっていうんじゃないんで」

甘いパフェを食べているのに、苦いものを味わっているかのような顔つきで守田が言う。

「ただ、親が隠そうとしても、うちが大変だっていうの、わかっちゃうじゃないですか。もちろん私も知ってるし、お姉ちゃんだって知ってる。お母さんが浮かない顔してるなとか、今月の夕飯のオカズは節約してるなーとか、だんだんわかってくるじゃないですか。お父さんとお母さんの空気がどよーんとしてて、うちのなかうまくいってないなー、その原因はお金なんだなーって、わかっちゃう」

守田の話は、音斗にも沁み込むように理解できた。隠そうとしても家のなかのどんよりとした気配は、子どもに伝わる。音斗はその湿った空気の要因が自分だと思ったから、家出した。

「お姉ちゃんは、思いついたらパッと行動する人なんです。そんなにお金大変だったら高校やめて働くって言ったんです。お姉ちゃんの高校、私立なんですよ。合格確実な公立高校受けたのに、試験当日に風邪ひいて熱だして落ちて、滑り止めに行って――普段は言わないのに、たまにお母さんが本気で『私立は学費が大変』って言うのね。それがどうにもお姉ちゃんには、責められてるみたいに聞こえたみたい」

「なるほど」

ハルが相づちを打つ。音斗もコクコクとうなずく。

「それで、お姉ちゃんが『学校やめて働く』って言ったことが、お父さんを怒らせちゃったんです。『学校やめて働くなんて、おまえみたいな小娘になにができるんだ』って本気で怒鳴っちゃったの。そのままお父さんとお姉ちゃんが言い争いになって――最終的にお姉ちゃんは『小娘でも稼げるとわからせてやるよ』って言って出てっちゃったんです。お父さんとお姉ちゃんって性格が似てるみたいで、売り言葉に買い言葉で、止まらなくなっちゃった。一昨日《おととい》の夜です」

「一昨日の夜か。じゃあ家出してからもう三日なんだね。お父さんとお母さん心配してるよね」

音斗は守田の姉にシンパシーを感じてしまった。家出仲間だ。音斗の家出は、あっというまに終わってしまい、親公認のものになったが。

「お母さんは、お姉ちゃんの友だちみんなに電話かけたりして捜してます。でもお父さんは、お腹空《す》いたら帰ってくるって言ってます」

「猫や犬じゃないんだから……」

「私もそう言ったんだけど」

音斗の言葉に、守田が眉を曇らせた。ハルが「いい人に拾われてるといいね」と応じる。

だから――猫や犬じゃないんだから！

「つまり、お姉ちゃんは、お金を稼いで帰ってくる予定なんだよね。幸か不幸か、ここってすぐ側《そば》にすすきのがあるからな～。身元隠して、手っ取り早く水商売しようと思ったらできるよね～」

ハルがキーボードを打ちはじめた。

「札幌《さっぽろ》限定の地域板、家出した女の子掲示板にアクセスしてみるよ。身元明かさなくても働かせてくれるお店教えてなんていうスレッド、たまに家出した女の子が立ててたりするし」

ハルの手元のディスプレイを覗《のぞ》き込む。匿名《とくめい》の誰かが投げかけた質問の親記事があり、複数の匿名の人間がウェブを通じて返答している地域限定の掲示板だった。

「南区M地域だけど、なんかある？」とか「スーパーの安売り情報教えてください」とか「腰痛にいい整体院募集」とか――ごった煮だ。「地底人について語ろう」という文字に苦笑し、視線を下げていくと、そのなかに「家出した女の子限定（カタリ不可）」という文字を見つけた。

「そんなのがあるんだね」

「なんでもあるよ。ふっと湧《わ》いて、さらっと流れて、すぐに消えてく。でも人気があるスレッドには定期的に誰かが書き込みをする。意外と、ほのぼのしたスレッドが長生きするよね。あと切実に情報を欲しがってる人の書き込みは残ることが多いかな。嘘が大半。たまに少しだけ真実が混じってる。お姉ちゃんの写真持ってきた？　あるなら見せて」

「あ……はい」

守田がバッグから写真を取りだした。ハルと音斗は頭をつきあわせて写真を眺める。

写真に写っているのは、茶髪をくるくるに巻いて睫《まつげ》がひじきみたいで化粧の濃い――美人ではないけれど可愛《かわい》い女の子だった。

「守田さんには似てないね」と音斗が言ったのと同時に「守田さんにそっくりだね」とハルが言う。

――何処《どこ》が!?

音斗が唖然《あぜん》としていたら――ナツとホームレスの男が、ほかほかと湯気を立てて部屋に入ってきた。ホームレスの男は、髪の毛とか首のあたりとかがすっきりとして、全体に新品になっている。

「おかえり。地底人」

「地底人じゃないけど」

ハルの笑顔に、男がとまどってもごもご言い返した。ナツの普段着を着せられているせいで、服のなかでぶかぶかと身体が泳いでいる。

「シャワーを浴びながら、地底人の人の話を聞いた。地底人さんも地底人さんで大変な日々だったようだ。泥棒もやりたくてやったわけじゃなく、寝込みを襲ってきた女性に命じられたそうだ」

ナツの人の良さは筋金《すじがね》入りだ。中学生の音斗ですら「ないだろう」と思うことまでナツは信じ込む。

「……地底人じゃないんですけど」

再度、申し訳なさそうに男が言う。

「じゃあなんて呼べばいいの？　名前は？」

ハルがまっすぐに聞いた。

「え……名前は……捨てました」

狼狽《うろた》えてから答える男に、いろいろな事情があるのだろうなと胸を衝《つ》かれる。大人の男の人が、家も名前も捨てたというのだから、音斗なんかには想像もつかないような理由があったのだろう。

「だったら仕方ないよ。きみはもう地底人だ。姓は地底、名前は人。ジンくん、か。ジンくんってけっこういい名前じゃない？　ジンくん、寝込みを襲われて女性に命じられたの？　あのパフェ屋の列に並んでいる、あの子のバッグを取ってきてって？」

ハルが弾《はず》む声で言う。ハルときたら、なんでこんなに、なにを話しても楽しそうなのだろう。

いきなり名付けられたジンは、困惑の表情を浮かべたが——ジンというネーミングを拒絶はしなかった。地底人と呼ばれるよりはまだしもと思ったのかもしれない。

「そうです。信じられないかもしれないけど本当にその通りで——しかもその女の子、年はずっと若いわりに、なんか怖かったんです。鬼気迫るっていうか……切羽詰まっているっていうか……取り憑《つ》かれたような感じで……」

「信じられなーい」

ハルが歌うように答えた。ジンはしゅんとしてうつむき――「あ」と短い言葉を発すると、テーブルの上の写真に飛びつく。

「これです。この女の人です。この女の人が、あの子のバッグを取ってこいって」

指さしたのは――守田の姉の写真だった。

6

盛りだくさんな一日が終わった。音斗《おと》は、細かい話を聞いた後で、守田を家まで送っていった。

音斗が店に帰ってきたら、ナツと地底人が「わかりあって」いた。

「俺だってまだ三十代だけどさ。さすがに十代の子たちに追いかけまわされたら、体力的に負ける。それに十代の子たちは怖い。集団で来られると、殴られたりするのかもって……も、もしかしたら殺されるのかもって。遊び気分で、ゴミに火をつけるみたいに殺されるのかもって……」

「そうか。殺されるかと思ったのか。それは大変だな」

心の底から相手に同情し、ときには涙を浮かべ、真摯《しんし》に話を聞くナツの様子を側《そば》で見て、内心で舌を巻く音斗である。ジンの気持ちがぐんぐんナツに近づいていくのが、目に見えて伝わってくる。

追いかけられて捕まった直後はあれほどおびえていたというのに……。

——ナツさんもフユさんもハルさんも、いろいろとすごいんじゃ⁉

「まさか自分が地底人になってて、百万の賞金がかけられてるなんて思ってもいなかった。わけもわからず十代の子たちに追いかけまわされてずっと怖くてたまらなかったんだ」

「そうか」

「誰もそんなこと説明してくれなかった。追いかけてきただけで」

「そうか」

「俺に、盗みを頼んだ女の子も、俺が地底人だと思われてるからみんなに追いかけられてるなんて教えてくれなかった」

「そうか」

ナツは真顔でうなずいているが——音斗はそこに疑問を抱く。守田《もりた》の姉は「地底人を捕まえると百万」を信じていたのでは？　というより——。

「そもそもジンさんのねぐらを発見して襲いかかったのも百万円もらうためだったんじゃないのかな。あなたのことを地底人だと思って、捕まえて、お金をもらおうとしたんじゃないのかな。だって守田さんのお姉さんの家出の趣旨は『お金を稼ぐ』だよね？」

思わず音斗は疑問を口にした。

もっともまだ——ジンが口からでまかせで、その場にあった写真を「この人に頼まれた」と指さしただけという疑いは拭《ぬぐ》いきれない。拭いきれないのだが——真実らしくも思える。

そうじゃなければ、通りすがりに、よりにもよってお金が入っていそうにない「守田のバッグ」を奪って逃げた理由がわからないからだった。

音斗は、念のためにと貸してもらった姉の写真と姉のバッグをテーブルに置き、ジンへの聞き込みをする。

フユが牛乳たっぷりの食事を手早く作ってふるまい、ナツが「それは大変だった」と同情して身の上話を聞きつづけた結果、ジンは今夜は泊まっていくことになった。みんなにすっかり「懐《なつ》いて」しまったのだ。

音斗がメインでジンと話しだす。店の状況に合わせ、フユやハルやナツ、さらに牛たちが入れ代わり、立ち代わり、店と奥の部屋とを往復していた。

念のため、音斗は、ジンの話したことをメモして、箇条書きにまとめることにした。

「ジンさんは、近所の空きビルに無断侵入して寝ていたら、守田さんのお姉さんに起こされたんですね。それで『あんたのせいで計画が台無しだ。この嘘つき』と罵《ば》倒《とう》された、と」

「そうだよ。息苦しくて目を開けたら、寝てる俺の上に人がのしかかっていて——いまにも俺のこと殺しかねない顔でそう言ってきたんで、なにがなんだかわからなくなって」

「それから相手は『あんたのせいで、大変な目に遭《あ》ってしまった。うまく逃げなきゃ、生きていけなくなるかも』みたいなことを怒鳴りだした、と」

「寝ぼけてる俺の胸ぐらをつかんでぐいぐい引き上げて振り回すんです。女子高校生の腕力じゃなかったです。もうこれは殺されるんじゃないかと覚悟を決めました」

「……覚悟決めるの早いなあ」

休憩がわりに部屋に戻ってきてハルが椅子に座り、感心するように言った。

「ハルさん、ちょっと黙っててください。守田さんのお姉さんとはそのときが初対面だったんですよね。その前に会ったことはないんですか？」

「ないです。あんなどす黒いオーラが漂《ただよ》ってる相手なら、一度でも会ったら、覚えてると思う。『いますぐ、私についてきて、言われたとおりに動け。断ったら、呪《のろ》う』って言われました。実際に呪いが上手《うま》そうな顔をしていたので迫力がありました」

呪いの上手そうな顔って、どんな顔なんだ。

「そしてジンさんの所有する自転車でふたり乗りをして商店街まで来た……」

「そこだけ聞くと、いい光景じゃない？　家出中の女子高校生を後ろに乗せてふたり乗り。ときめかない？」

笑顔のハルに、ジンが「耳元で『嘘つきめ。呪ってやる。言うことをきけ。きかないと呪ってやる』って言われつづけてたので、ときめく暇はなかったです」と真顔で答えた。

守田の姉の人となりがどんどん謎めいていく。

「そしてうちの店の前の列を指さして『あの女の子の鞄《かばん》を盗んで、明日の夜に持ってこい』って言った……って、あ。ということは守田さんのお姉さん、ジンさんがその後僕たちにつかまっちゃったのも見てたんじゃないですか？　だったら、明日の夜の待ち合わせ場所には現れないこともあり得る？」

　音斗はメモをしたノートをトントンとシャーペンの先で叩く。

「その可能性もあるか～」

　ハルが椅子を引いて座った。

「なんで明日の夜に地下街で待ち合わせなんですか？　なんで今夜すぐじゃなかったの？」

「だからそれは、相手の女の子がそう言うから」

「理由は特に聞かなかったんですか？」

「怖くて聞けなかった。あ……でも『明日の夜しかチャンスがないから』とは言っていたような気がする。あと『やるのは私じゃなくて、あんたなんだからしっかりしてよね』とも言われた。なんのチャンスかは知らない」

　おどおどとジンが言う。

　別な切り口、あるいは別な聞き方をすることで、新たな糸口が見つからないだろうか。

「えーと。守田さんのお姉さんは『逃げなきゃ』って言ってるんでしたよね。なにから逃げてるのかな。家出が親に見つかるかもって逃げた？　でも、あなたにそう言ったのは空きビルのなかでですよね？　家の人に見つからないように逃げたいなら、遠くに行くべきだ。わざわざ守田さんに接触しなくてもいいような？　あれ？」

いろいろと腑に落ちないことが多すぎる。

「あの子が高校生だなんて信じられないよ。あの、さっきの子のお姉さんだってことも。もっとこう……どす黒い感じで、本当に人間離れしてて……顔は写真のままだったけど声とか抑揚がなくて、目が光ってて、それにあの歯が！」

ジンが、ぶるっと震えた。

「歯が？」

ナツだけはどこまでも同情しながらジンの話を聞いている。

どうして大人の男性が、守田の姉をそこまで「怖い」とおびえるのかが不思議でならない。普通に考えれば、一対一なら、どう考えたって、守田の姉のほうが負けるじゃないか。

「犬歯が尖《とが》ってて……化け物みたいな歯だったんです。なんていうか……魔女みたいだった」

　ホラー漫画オールスターだと、音斗は思った。吸血鬼に地底人に魔女が来た。平凡だった音斗の毎日によりどりみどりの怪物たちがやってきた。しかしどれも怖くない。吸血鬼は牛乳を飲んでるし、地底人（と言われている男）はビクビクしながら地上を逃げ回っているし、魔女は守田の姉だ。

　この地底人は、ハルが懸念していた噂のように、若い女の子の血を吸ったりはしなさそうだ。

　——そうだ。この人、怖くないんだよな。

　音斗の脳裏でチカッと疑念が瞬《またた》いた。音斗の頭のなかに、いくつかの会話が積み重なり、ドミノ倒しのドミノみたいに列を組んで並んでいる。

「ジンさん、追われるだけで、女の子のこと追いかけないですよね？」

「もちろん」

「女の子の血を吸ったりしないですよね？」

　なにを言われているのかわからないというように、男は首を左右にぶんぶん振った。

「もちろん！　そんなことするもんか！」

実際、男は、血なんて吸わなそうだ。そうすると――蓄積した噂のなかで、血を吸う「誰か」が足りなくなる。いままで聞いてきた「噂」を並べてみる。移動する占い師。イケメン。地底人。若い女の子の血を吸う。捕まえたら百万円。

ハルは「みんな、自分たちの信じたい話や、自分たちにとっておもしろい話を、広めたがる」と言っていた。真実じゃない噂は、誰かにとって「おもしろい」もの。としたら――若い女の子たちは、血を吸われたがっているのか？　まさか。

音斗は、ハルが開いていたモバイルのディスプレイを眺める。地底人について語りあう人たちの書き込みを、前へ、前へと辿《たど》っていく。なんと初出は三年前だ。

それから、おどおどとしたジンの手を握り「大変だったなあ」と慰めるナツに視線を戻し――どこで『占い師』について聞いたかをやっと思いだした。

――そうか。ナツさんだ。

フユが言っていたではないか。ナツは占い師に間違われたことがあると。

「ナツさん？　ナツさんがこの店の場所を選んだんですよね。そのために何度も札《さっ》幌《ぽろ》に来て、調べた。そのときに占い師と間違われたって……。いろいろと聞いて歩いてたら、探偵とかホームレスとか占い師に間違われたって」

「そんなこともあったな」

地底人を撮影した誰か。噂を流した誰か。地底人である男を助けた誰か。

「ナツさんが間違われる占い師なら、その相手は絶対に格好良いはずなんです。少なくとも金髪碧眼《へきがん》で日本人じゃない。幻の占い師は、イケメンって、守田さん、言ってましたよね？　ジンさん、ジンさんを地下鉄で助けた人、ナツさんに似てましたか？」

「似てない。でも——ふたりともイケメンで、ふたりとも金髪だ」

「じゃあ……その『占い師』が、血を吸うんじゃないのかな。困ってる人の話を聞く占い師っていうのはたぶんナツさんだと思う。間違われて、悩み事の相談をされて、そのまま黙って聞いてたんじゃないかな。ナツさん、いろいろな人の悩みを聞いたんじゃないですか？」

「そんなこともあったなあ。占い師を捜すほど悩んでる人が多かったから。みんなそれぞれ大変なんだよ」

ナツが生真面目《きまじめ》にうなずく。

——たぶんこれは確定なんじゃないかな。人違いで話しかけられても、ナツさんは、相手の人の悩みを聞いて、女の子でも男の人でも、ときには手を握って、一緒に泣いたりしてそうだもの。

実際、音斗の目の前でいま、そんな光景がくり広げられている。

「でもナツは血を吸わないよ」

ハルが言う。ナツもまた「当たり前だ。生き血なんて、吸わない。蚊じゃないんだから」と、珍しく憤《いきどお》った顔になる。

「だから——もうひとり別にいるんだよ。若い女の子の血を吸うっていう噂のもとになってるイケメンの占い師が、別にいるんじゃないかな。もしかしたらその人が地底人なのかもしれない。とにかくその男の人は、占いをしながら深夜のすすきのを徘徊して、地下街や地下鉄の構内を歩いてて、『闇を知る一族』を探して動画を投稿したんだ。……っていうことは、その人、吸血鬼かも」

「いまどきそんな吸血鬼ってどうなの？　だいたい『闇を知る一族』なんていう恥ずかしい呼びかけに答えられるのは魂が中二じゃないと無理でしょう。僕たち、闇なんて知らないよ〜。闇って、知るとか知らないとかいうもんじゃないでしょう？

フユは、万が一の可能性もあるし探しておこうなんて言ってたけど、俺はこれ騙《かた》りだと思うんだ。中二設定すぎる」

　ハッと、ハルが鼻息荒く断定した。

「違うよ。僕は中学校一年だよ」

「音斗くんのことじゃなくて！　いわゆる『中二』っていうのは、片日だけ赤くてそっちの目だと死霊が見えるのだよと言い張って、痛みもしない目に眼帯してそれを『邪気眼《じゃきがん》』と名づけるとか、やたらめんどうくさい技の名前とかマシンの名前とかつけちゃって悦《えつ》に入るとか、自分は闇の一族で血に飢えた呪われた吸血鬼でただひとりの生存者で仲間を求めているのだよと言い張るとか――そういう……」

　滔々《とうとう》と述べていたハルがふと考え込んだ。

「そういうのも……あるか。なんせ、吸血鬼なのに血を吸うくらいオールドタイプだったら、それくらい『遅れて』たり『歪《ゆが》んで』たりすることもあり得るのか。僕にしてみたら絶対に『それだけは、ない』っていう方向にこじれた中二だったり
……」

「でも……血を吸うなんて、そもそもないだろう。そんな、蚊と同じレベルまで落

ちるなんて」

ナツが身震いして告げた。

突然はじまった「吸血鬼」談義に、ジンがついてこられずにポカンとしている。

まさかここにいるのがみんな「吸血鬼の末裔《まつえい》」とは思いもよらないのだろう。

「世の中にはいろんな奴がいる。そんなみっともない生き方で生きのびようとしている吸血鬼がいたとしても……おかしくはないかも。それに、そんな虫以下な、非文明的な生き方をしている奴だったとして、孤独ゆえにネットを通じて仲間を募集したのなら——せめて僕たちはコンタクトを取るべきかもしれないな。フユもそんなこと言ってたしさ～」

「フユがか！　そうか。俺たちがその、血を吸ってる、かわいそうな奴を助けることができるかもしれないな」

ナツが背筋をのばした。

——吸血鬼なのに、「血を吸う」っていうのは格好悪いことになってるのか。

かわいそうとまで言われている。虫以下って……。

ここに至って、前から感じていた違和感が音斗のなかで強くなる。そもそも、ハルたちは、種族としての名称を変えたほうがいいのではないか、と。血を吸っていないのだから！

ただし、もし変えるとしたら「吸乳鬼」になるのだろうと思うと訂正の声を上げ

るのをためらう。だって音斗もハルたちの仲間だ。自分が「吸乳鬼なんです」と言

うより「吸血鬼なんです」と言うほうが、まだしも抵抗がない。

——吸乳鬼にはなりたくないって思うこの気持ちが、もしかしてハルさんが説明

した「中二の魂」というもの？

邪気眼は格好良い気がする。ネーミングとして。それに、吸血鬼はまだ受け入れ

られるが、吸乳鬼は少し悲しい。

ハルとナツはすっかり、もしかしたらいるかもしれない『血を吸う』吸血鬼を助

けるつもりになっている。

「仕方ない。探してあげようか。僕たち『闇を知る一族』なんかじゃないけどさ～。

よし。ジンくん、わかっていることをみんな吐きだすんだ」

ハルが目をキラキラさせてジンに話しかける。

「いや、もうみんな話しきりましたが」

「もう⁉　もう話しきったの？　もっと話してよ〜」

何故《なぜ》かハルがむっと膨《ふく》れる。

——もっと手がかりになるようなこと聞き出したり、探ったりしたいよね。

「じゃあ別な方向から探ってみようよ。たとえば、どうしてこのバッグだったのか。守田さんのバッグのなかの写真が目当てで奪ってくれって言ったのかな。それともこのなかに他に重要なものがあるのかな……」

守田は「手がかりになるのなら」と姉のバッグを貸してくれた。

家出をする際に「置いていった」バッグである。つまり、当面、必要じゃないから置いていったのだろうと音斗は思う。が、守田は「お姉ちゃんは、うっかり、このバッグを忘れていったんだと思うの」と言っていた。ここぞというときに使う化粧品とお気に入りのアクセサリーが入っているものを、姉が置いていくはずがないと主張していた。うっかり者の姉らしいとも言っていた。

「バッグの中身、化粧品ばっかりだよね。なんだろう、これ。接着剤？」

「つけまつげ用の接着剤だねー。あとは袋に入ってるこれ……十字架？」

十字架と蝶がセットになってぶら下がっているネックレスだ。いぶしたような色のシルバーに、紫色の石がついている。

ハルが十字架をじゃらっと手のひらに出した。音斗はぎょっとしてハルと十字架とを見比べた。

――吸血鬼って十字架が苦手だったよね？

「ハルさん……大丈夫？」

「なにが？　あ、これ？　大丈夫だよ。僕たち多神教だからね。なんでこの形が怖いって言われてるのか、さっぱりわかんない世代なんだ。村の年寄りたちはまだ名残《なごり》があって、見ただけで騒ぐ人もいるよ」

世代によって十字架に耐性が!?　というより吸血鬼なのに多神教!?

「多神教なの？　ハルさんたちって神さまを信じてるの？」

「より所として、いたほうがいいなと思ってるよ。お天道《てんと》さまに申し訳がたたないっていう言い方があるだろう？　ああいうやつ。困ったことがあったら、ゆるーく、自分のなかのお天道さまに聞いてみたりする。だって僕ら、家業が酪農だろう？　昼はたいてい寝てるけどお天道様は大切だよ～」

「そ……そうなんだ」

知れば知るほど、肩すかしな「吸血鬼の末裔」である。陽光は浴びられないのに、お日様は大好きで、多神教……。

「でもさ、十字架に抵抗なくなったのもフユくらいの世代からみたい。村の年寄りたちには『これだから、ぬるり世代は』って言われてる。僕たち、古い世代と比べて、とらえどころがなくて、ぬるぬるしてるんだって。そういえば、音斗くんも『ぬるり世代』だ」

ぬるり世代。語感として、嫌だ。

知らないあいだにそんなものに所属しているとは——できるなら、生まれ年で決めないで、自分の意志で所属の選択をさせてもらいたいものだ。音斗はそっと嘆息しながら、バッグの中身と守田の姉のことを考える。

——守田さんのお姉さん、ものすごく化粧品が必要になったか、あるいは十字架が必要だと思ったのか。

音斗の脳内のドミノの列がさらに連なる。血を吸う吸血鬼。オールドタイプ。闇を知る一族を求めている誰か。いないと思っていたそんな種族が夜のすきのを闊《かっ》歩《ぽ》しているのだとしたら？　必要なのはもしかしてこの十字架だったとしたら？

「……ハルさん、万が一の話なんだけど……吸血鬼に血を吸われた人って、どうなるのかな。具体的に言うと『女子高校生とは思えないほど腕力が強くなる』とか『呪いが上手そうな顔つきになる』とか『どす黒いオーラを放射』とか『犬歯が尖る』みたいなことはあるのかな」

まさか、ね。

けれど音斗の脳内で危険信号が点滅しだしている。連なったドミノをトンと指でつつくと、パタパタと倒れ――ある「真実」へと辿《たど》りつくような気がする。

あまり嬉しくない類《たぐい》の真実へ、と。

「僕はリアルには知らない。でも、古い文献によるとそういう例が見受けられる。彼らに血を吸われるとたいていは一方的な契約になって、血を吸われた側は、吸った者の下僕《しもべ》になる。本当にありとあらゆる部分で『遅れてる』よね。美学がないよ！　いまどき下僕なんてさ～」

音斗の懸念は、すぐにハルに伝わったようだ。ハルは言い放ってから小首を傾《かし》げ、綺麗な目を瞬かせ「やだなあ。もしかしたら、もしかするのかなあ」と、小声で独白する。

「下僕って、命じられたことに対しての拒否権がなくて、変更がきかないってことかな」

尋ねた音斗に、ハルがうなずき、語りだした。

「そうだよ。う〜ん、ちょっと整理してみようか。明日の夜、守田さんのお姉さんはジンくんとは別な誰かと待ち合わせをしている。もしくは無理やり、その夜にその場所に来るようにと命じられている。それが守田さんのお姉さんとしては不本意である。逃げなくちゃならない。逃げたい。だから、その待ち合わせ場所にジンくんを連れていって、ジンくんに自分のかわりに……」

ハルの台詞《せりふ》を、途中から音斗がつづける。

「……自分のかわりに、吸血鬼に向かって十字架を突きつけて退治してもらう。そうしないと自分は下僕で、吸血鬼のままだから。下僕だから自分では抵抗できない。十字架ももしかしたら自分では持てないのかもしれない。その日、その時間にしか、当面はチャンスがないんだとしたら？」

「守田さんのお姉さんは、僕たちがジンを捕まえたのを見たとしても、命じられているから行かなくちゃならない」

「だったら僕たちもその場所に行って、守田さんのお姉さんを助けなくちゃ」

吸血鬼が、占い師に化けて――「死にたい」というくらい悩んでいる女の子の血を吸っていたのだとしたら？　お金はもらわずに生き血をもらう。女の子たちは吸血鬼の下僕となり――人としての悩みからは解消され――死にたくは、なくなる。

「吸血鬼？　え？　どういうことですか？」

ジンがうろうろと視線を惑《まど》わせ、おたついている。

「どういうことって……明日の夜、僕たちは吸血鬼に血を吸われたかわいそうな女子高校生を助けるってことさ。おもにジンくんがメインになって！　この十字架で！」

ハルが手にしていた十字架をジンの手の上にじゃらりと置いた。

「ふぇ。俺？　吸血鬼？」

目を白黒とさせたジンの手を包み込み――十字架を無理に握らせる形にしてその手を握りしめたナツが「大変だな」とねぎらいの言葉をかけた。

「待って。わからない。まったくわからないんですがっ」

「わかんなくてもいいことって、あるよ～。だってたいていの人は、どうして飛行機が空を飛んでるのかの構造も原理もわかってないけど、飛行機に乗ってるでしょ？　だからきっとジンくんも吸血鬼退治できるよ。勇気があれば」

ハルの安請け合いに「俺、勇気ないよ。勇気ないですよ」とジンが顔をぶんぶん横に振った。

音斗はハルと顔を見合わせてうなずいた。ジンは泣き顔になっていた。ナツはただひたすらにこにこと笑っていた。

7

翌日——学校の玄関で、音斗《おと》は、日傘を畳み、マスクその他を外して鞄《かばん》にしまった。毎日つづけていると、音斗の重装備登校スタイルも、みんなの目に馴染《なじ》んだようだ。ひそかに笑われているとしても——音斗はもうめげない。

教室に辿《たど》りつくと、すぐに守田《もりた》がやってくる。

「高萩《たかはぎ》くん。お姉ちゃんのことなにかわかった？」

「今夜にはわかるかもしれない。ただ、そのためには僕、昼寝をしなくちゃならないから」

古式ゆかしい吸血鬼と、進化した吸血鬼であるハルたち（ハル曰《いわ》く）が出会うのだ。いったいどんな死闘が繰り広げられるか、わかったものではない。いざというときに、また倒れてしまったら足手まといになりかねない。

——今度こそ、ここぞっていうときに走ったり、相手に叩かれても倒れないで踏ん張ったりとかしないと。

そのためには体力温存である。本当ならば、フユたちと一緒に、家の木箱のなかで睡眠につきたかったくらいだ。でもフユはズル休みを許可してくれなかった。正確には、フユが音斗に突きつけた条件を音斗がのめなかった。

——フユさんときたら真顔で「俺たちは先生に連絡する時間にはもう寝てるから、ハルに保護者として電話してもらうことになるが、いいか。ハルは絶対に、吸血鬼退治に行くから学校を休みますって言うぞ」って言うんだもん。

親に頼もうかと一瞬だけ考えた。が、ただでさえ、心配をかけてばかりなのに、ズル休みのための電話を学校にかけてくれと頼むわけにはいかない。

「まだ朝だよ？」

「うん。でも、体力温存だから」

きっぱりと言うと、守田は「そうなの？」と言って、引いてくれた。

「もし授業はじまっても僕が起きなかったら、起こしてくれるかな？」

学校に来たからには授業はきちんと受けたい。

「いいよ」

「あと、今夜、もし守田さんのお姉ちゃんのこと見つけられたら電話していいかな」

「うんっ」

守田が勢いよく顔を縦に振った。

「じゃあ高萩くんにうちの電話番号、念のため教えておくね」

守田が小さなメモ帳を取りだしてさらさらと番号を書いて渡してくれた。ひとつのメモ用紙の端と端を互いに持った瞬間、音斗の胸がトクンと震えた。

「番号、ありがとう」

声が少し上ずってしまった。恥ずかしくなって、うつむく。

ふたりでメモ用紙をやり取りしているのを誰かに見つかったら、また囃《はや》し立てられるかもしれない。それは守田の迷惑になる。音斗はそそくさとメモ用紙を畳んで鞄にしまう。丁寧に用紙を畳む指先がじんわりと火照《ほて》る。

——電話番号を直筆でもらっちゃった。

音斗から離れていく直前、守田は眼鏡《めがね》を指で直した。守田のその仕草が可愛《かわい》いなあと思いながら、音斗は机に突っ伏してぎゅっと目を閉じたのだった。

寝たり起きたりして音斗の学校での一日が終わる。途中、やたらに寝ている音斗を見て、岩井《いわい》が「具合悪いなら、保健室行けよ」と肩を叩くくらい、とにかく休み時間は机に突っ伏して寝ていた。給食時は自分のだけではなく人の牛乳ももらって飲み、食事も急いでたいらげて、残った時間を眠って過ごそうとした。

「ドミノ、おまえマジで大丈夫なの？　なんか顔が真っ青なんだけど」

岩井が、音斗に声をかけてきた。

「大丈夫だよ。昨日、うちのなかがごたごたしててあんまり眠れなかったんだ。それでできるだけ寝ようとしてるだけだから」

――僕、木箱がないと熟睡できない体質になったのかも。

最初のうちは抵抗があった木箱にこもって寝るという習慣が、いつのまにか音斗の身体《からだ》にすっかり沁み込んでしまっていたらしい。目を閉じても、明るさがあると、寝づらい。

夕べは興奮してあまり眠れなかったし、眠くないはずがないというのに。実際、頭の芯の部分が鈍く、痛んでいる。絶対的に、寝不足だった。

思考回路が鈍麻《どんま》している。

こんな状態では、また倒れやしないかと思い、憂鬱《ゆううつ》になる。

「眠いならやっぱり保健室行けよ。ベッドあるし、寝かせてくれんじゃないの？」

「僕、前にも一回倒れて保健室に行ったでしょう？　前例があるから保健の先生もいろいろと心配するし……眠いだけで行くには勇気が必要なんだ。でも……うちと比べて、学校ってお日様がたくさん入ってくるから寝づらいや」

――岩井くんて、親切だなあ。

雑巾がけを一緒にして以来、岩井は、音斗によく話しかけてくれる。「ドミノって、独特で、おもしろいよな」と、音斗のことを自然と男子の会話の輪のなかに引き入れてくれたりもする。

「お日様？　紫外線アレルギーだからか？　教室のカーテン閉めてきてやるよ」

岩井が窓際に行こうとするのを呼び止める。

「え、いいよ。みんなは明るいほうがいいだろうし」

「そうか？」

振り返る岩井の、つぶらな瞳を見返す。岩井はもしかしたら音斗の友だちなのではなんて、間の抜けたことを思った。当たり前に近づいてきて、心配してくれるさくさくした言い方が、音斗の胸を心地よく勇気づけてくれる。

周囲のクラスメイトの何人かが「なんだよ。カーテン閉めないと具合悪いのか」

「ドミノだから？」とささやいている。

「うん。そういえば僕はお日様対策のグッズを毎日持ってきてたし」

紫外線や明るさが問題ならば、登校時のスタイルで眠ったらいいのでは？　サングラスと日傘が、日よけになってくれるはず。

恥ずかしいかなと迷う。が、登下校時にいつものスタイルなのにいまさらじゃないか。音斗のあだ名はとっくに「ドミノ・グラサン・マスク野郎」なのである。さらには好意をもって「ドミノ」と呼びかけてくれる岩井のような人間まで出てきている。

こういうのをなんというのだろう。毒を喰《く》らわば皿まで？

音斗は鞄からサングラスとマスクを取りだし、ついでにUVクリームも丹念に手と首に塗りつけ、日傘を開いた。

「ドミノ、帰るのか？」

怪訝《けげん》そうに聞いてきた岩井に、音斗は「ううん。寝るの」と精一杯胸を張って応じ、日傘を机に傾けて置いて窓からの光をシャットアウトして、突っ伏した。

くすくすと笑い声が聞こえてくる。岩井も爆発したみたいに笑いだした。「本当におまえ、変なの！」という声をBGMにして音斗はつかの間の昼寝にいそしんだのだった。


妙なテンションで学校を終えて帰宅すると、ジンが、ハルとオセロゲームをしていた。

ジンは居場所に困っているように身体を小さくし、ひょこりと挨拶を寄越す。

「ただいま。ハルさん、寝なかったの？」

「ちょっとだけ寝たよ〜。ジンくんに聞きたいこともあったし、調べておきたいこともあったしね。ジンくんと一緒に待ち合わせ場所の下見もしてきた。絶妙にもひと気のない謎スポットだった」

待ち合わせ場所は、札幌に本店のあるお菓子屋さんのビルの地下である。音斗も知らなかったのだが、そこには入場無料の「私設お菓子博物館」があるのだ。

「日の差さない地下で、地下街から入ることができるんだ。いい場所だったよ。暗くて、閉塞感があって、寂《さび》れてた」

博物館を作った菓子屋が聞いたら号泣するようなことを言いながら、ハルがオセロのコマをひっくり返す。

「ジンくん、オセロ弱いなあ」

盤面は真っ白だった。ジンは眉を八の字に下げ「すみません」と頭を掻《か》く。清潔になり、危険性のない場所で睡眠と休息を取ったジンは、昨日と比べて十歳くらいは若返って見えた。

「音斗くんは上で寝ておいで。夕べ寝てなくて眠たいはずだから、少しでも寝るようにってフユが言ってた」

「ハルさんは?」

「フユたちが起きてきたら交替で寝る。僕はまだジンくんのこと信用してないから、見張ってるんだ〜。家の大人たちが寝ちゃったところ、ジンくんに襲われたら、ひとたまりもないからね〜」

「お、俺そんなことしないっすよ！」

必死で否定するジンをハルが屈託のないふわんとした笑顔で「そうなんだ？」と見返した。

「でも僕は信じないね。僕に信じてもらいたいならもっと僕に優しくしてくれなきゃ駄目だよ！　もっともっともっと僕のこと誉《ほ》めて誉めて尊敬して尽くしてくれたらちょっと信じてあげてもいいよ？」

「え」

呆気《あっけ》にとられたジンを見て、音斗は「はあ」と傍目《はため》にもわかるくらい大きなため息を漏らした。いつものハルのペースだ。

ハルの愛らしさと我《わ》が儘《まま》ぶりっこな台詞《せりふ》が、一瞬だけ放たれた「信用してないから」という毒を中和した。

その後も、ハルだけではなく、フユもナツも拍子抜けするくらいいつもどおりだった。音斗は木箱で仮眠を取ってから、フユたちを起こしにいった。ナツが毎度のことながら寝ぼけて音斗を抱きしめてフユに叱られた。

――僕だけキリキリしてて、ちょっと恥ずかしい気がする。

吸血鬼との対決かもしれないのに、どうして暢気《のんき》にあくびなんてしているんだろうと、フユやナツを見つめる音斗だった。

ハルとナツがいつもどおりに開店準備をする。フユが音斗とジンに食事を作って出してくれる。白菜とベーコンのクリーム煮に、ヨーグルトとカレー粉につけ込んで焼いた甘めタンドリーチキン。

「音斗くんもジンさんも緊張してる？」

無言で食べているふたりを見て、フユがニッと笑う。

「吸血鬼なんて退治したことないんで。それになにを言われてるのかさっぱりわかんないんで」

正直に答えるジンにフユが苦笑していた。

「ハルの言うことはまともに受け取らなくていいよ。きみは家出した女子高校生を、家に連れ戻す手助けをするだけだ。吸血鬼退治なんて、しない。今朝、店が終わったときに俺はそう言ったよね？」

フユに落ち着いた口調で諭《さと》されることで、ジンの強《こわ》ばった表情が揺らいでいく。

「でも、フユさんたちが寝た後にまたハルさんが……」

夕べというか、今朝——夜明け前のいっとき、吸血鬼と決闘だといきまくハルと、それを聞いておびえるジンを見て、フユの拳骨《げんこつ》が飛んだのだ。ハルの頭をトスンと叩き、フユは「吸血鬼退治も決闘もしない」と一喝した。

フユは理路整然と「自分たちが欲しているのは、家出した守田の姉を無事に連れ戻すことであり、ジンがその手がかりを持っているので協力を頼みたい」ということと「占い師が吸血鬼であろうとなかろうと、当面、自分たちには関係がない。ただし守田の姉を陰であやつっている誰かがいるのなら、連れ戻す際に、その相手と対決するのはやむなし」「家出した女の子をあやつる男がいるなら、それは人として最低であり、それをして『吸血鬼』という言い方をするのなら、その相手は吸血鬼なのかもしれない。本当の吸血鬼だとは言ってない。ただ、大人として、そんな相手は許せないだろう？」などと、実に巧妙に話をスライドさせていき、ジンを煙《けむ》に巻き、うやむやに協力を取り付けた。

「実際に本人に聞かないとわからないが、家出したその子は、夢見がちで、きみのことを地底人と勘違いしてたんだろう。地底人を連れ戻すと百万もらえると信じて、家を出て、きみを捕まえる冒険に出た。でもきみは地底人なんかじゃないって、探してる途中で気づいたんだろうな。それできみに八つ当たりした」

家出をしていてごまかすために「かぶせ犬歯」を装着し変装していたのかもしれないよ、と、フユは実に適当なことを言っていた。八重歯が可愛いからと、わざわざ歯にかぶせて尖《とが》った歯に見せるグッズが売られているのだそうだ。それなんじゃないかな、と。

「鬼気迫るものがあったり、腕力が強かったってのは……こういう言い方したらあれだが、もしかしてなんらかの薬を使われてたのかもしれないよな。悪い男が、家出した女の子に薬で言うことを聞かせて、やばいことさせてるとしたら——助けてやりたいだろう？」

「そうですよね」

「きっと女の子はクリスチャンなんだよ。十字架を大事にしてるんだから。それを持ってきてもらうことで、信仰心の力で、薬の誘惑を断ち切ろうとしているのに違いないよ。きみが十字架を持っていってあげなよ。頼まれたんだからさ。俺たちもきみについていって、女の子の背後にいる悪い男と戦うから。な？　ジンくんはひとりじゃない。俺たちがいる。ナツは格闘技強いし、ハルも体力あるし、俺は暴走したハルを止められるし、音斗くんは彩《いろど》りになる」

「え、僕、彩りなの？」

戦力に加算されていないのかとがっくりとした音斗である。

「音斗くんを戦わせて、もし怪我《けが》でもさせたら、音斗くんのご両親に顔向けできないからな。できるだけ後ろでどっしりかまえててくれ」

気落ちした音斗の髪の毛をフユの指がくしゃっとかき混ぜる。

「留守番しろとは言わないから、危ないことはしないでくれよ。それから——もちろん、守田さんへの報告は音斗くんにまかせる。無事に救出して、いい格好見せなくちゃな」

悔《くや》しくなるくらいフユは見事にすべてを牛耳っていた。口八丁すぎる。推理をしたのも、ジンを捕まえたのも、ハルとナツと音斗だというのに——最終的にすべての指揮を取るのはフユなのである。

——なにもしないでパフェ作って売ってただけなのに。

むっと口を尖らせつつ——でも、パフェを作っていて現場を見ていないのに、最後の辻褄《つじつま》を合わせて、ジンを丸め込んでしまうあたりに、感心してしまう音斗だった。きっとこういうのを「美味《おい》しいとこ取り」というのだ。

「いいなあ」

ぼそっと口に出したら、フユが優しい顔をして笑った。

「音斗くん、やめて。それ、きゅんとするから」

意味がわからなくてフユを見返す。フユが音斗の耳を軽くつまんで、引っ張った。フユがいつもハルにしているのより弱い引っ張り具合なのか、痛くなくて、むずがゆくてこそばゆいだけだった。

「それ、音斗くんの口癖だよな。『いいなあ』って。音斗くんは本当に心から羨《うらや》ましいなっていう顔してそれを言うから、言われた相手は、自分がすごくいいものになったような気になるよ。音斗くんみたいに素直に、そういう顔で、そういう口調で『いいなあ』って言えるのは才能だ。だから音斗くんは、きっと大きくなったら、誰もに『いいなあ』って羨ましがられる男になると思うよ」

パッと離された耳のあたりに、ふぁーっと血が上っていくのがわかる。恥ずかしさと、嬉しさがない交ぜになったような変な気持ちだった。

――大きくなったら？

自分の口癖が「いいなあ」なんて知らなかった。知らなかったけれど、よく言っているような気がした。そうか、と思う。自分も大きくなれるんだ。でも、大きくなって、誰かに「いいなあ」と言われている姿なんて想像できない。

「だから、急がない。無理はしない。危険なこともしない。音斗くんにはこの先ずーっとたくさんの未来があるんだ。冒険も、ゆっくりやっていけ。わかったな少年」なんだ。結局、うまくごまかされた。

けれど——フユの言葉のひとつひとつが、困ってしまうくらい輝いて見えた。たぶらかされて、牽制《けんせい》されたんだと冷静に思う。それでいてこの「諭し力」に慰撫《いぶ》されれ、勇気づけられている。

——いいなあ。

今度は口に出さないで、そっとフユを見上げた。フユは「おかわり、あるよ」と、空《から》になったジンの茶碗に手を差しだしている。

スウェット上下でエプロンをつけたフユの姿が、やけにまぶしく感じられた。

『マジックアワー』がはじまり——フユたちが忙しくなる。二時間ほど働いてから、フユたち三人が店を上がり「じゃあ待ち合わせ場所に行こうか」と、待機していたジンと音斗に声をかけた。

「フユさん、お店はどうするの？」

「お母さんと、太郎坊《たろうぼう》、次郎坊《じろうぼう》にまかせてきた」

「お母さんに？」

それって——牛ですよね？

驚愕《きょうがく》で固まる音斗に「なにか問題でも？」という顔をフユが見せる。音斗は、厨房——そして店へとつながるドアをこわごわと振り返った。いま向こうに行ったら「お母さんのなかの人」がいるのだ。しかしもしかしたら、お母さんだけは牛のまま立ち上がって、厨房でパフェの飾りつけをしている気もする。二足歩行の牛。見たいような、見ないほうがいいような。

ふんぎりがつかずドアを凝視しているうちに、普段着に着替えたみんなが顔を揃《そろ》えてしまう。

「守田さんのお姉さんのバッグ持った？　十字架、別にして持った？　ナツがそれ持ってて」

「聖水持ったか？　もしかしたら足しになるかもしれんしな」

「ニンニク持った？　あと、昔に作った下僕《しもべ》作用を帳消しにするワクチン、持ってくね」

「え……ハルさん、そんなすごいものがあるの？」

「僕、天才だから」

ふふんと得意げにハルが言う。

「お腹すいたときのために牛乳持ってこうか。四人分で四パックでいいよね」

小さなパックなのかと思いきや、ハルに言われたナツが無言で一リットルパックの牛乳をリュックに詰めた。

「ナツさんそれ多すぎないかな」

「大丈夫だ」

ナツに明るく断定され、仕方なく、引いた。

フユたちが三人で確認しあっているのをジンはポカンとして聞いている。

「銀の弾丸入ってる銃は持った？」

「それ持っちゃ駄目な気がする……」

音斗が突っ込むと「そう？　ま、そこまでしなくていいかー」とハルが懐《ふところ》から銃を取りだしてテーブルに置く。

「杭《くい》はどうしよう」

次に、槍《やり》のような巨大な杭を持ってきたハルに音斗は目を剝《む》いた。

「それ凶器だよね。そんなの持って夜のすすきの歩いてたらお巡りさんに連れていかれちゃうよっ」

「そっかなー。じゃあリュックに入るサイズの、十字架の先っぽが尖ってるお洒落《しゃれ》なタイプのにしようか」

「お洒落はどうでもいいよっ」

——この人たちときたら！

彩り扱いされていても、やはり音斗が行かないと駄目だと心に刻《きざ》む。音斗の担当は彩りじゃない。「常識」だ。常識と突っ込み担当として同行しなくては。

あっというまにリュックがふたつ。

「シュッパーツ！」

ハルが小さめのリュックをひとつ背負い、意気揚々として先頭に立った。散歩拒否症の犬みたいな情けない顔をしたジンがハルに引きずられていく。音斗は慌《あわ》ててその後ろをついていき、大きなリュックを背負ったナツと手ぶらのフユも外へと向かった。

夜の街は、藍色の濃淡で形成された影絵のようだった。家やビルの窓に明かりが灯《とも》り、行き交う車のライトが音斗たちを照らす。

初夏に向かう風がどこからともなく甘い香りを運ぶ。もうじきライフックの花が咲く。

ハルがジンの手をつなぎ、ぶんぶんと振って歩くのを、ナツがにこにこと眺め、ときどきジンに声をかけている。ナツとハルの背中にあるリュックのせいで、みんなで夜の遠足に行くだけのような気がしてくる。

見上げると、月の横に、月と同じ大きさの街灯が白く光っていた。

「フユさん、もし僕たちの推理が当たってて、守田さんのお姉さんが吸血鬼の下僕にされていたらどうなるの？　ハルさんが言ってたみたいに戦うの？」

音斗は、三人の少し後ろを、フユと並んで歩いた。

――いままで気にしてなかったけど、フユさんたちって、血を吸う吸血鬼より強いんだろうか？

血を吸うというだけで凶悪な気がする。牛乳を飲んで、牧畜をして、隠れて暮らしていたフユたちが、そんな強そうな吸血鬼に勝てるのかだんだん不安になってきた。

――すごい人たちだし、体力もあるのは知ってるけど、僕と同じに弱かったらどうしよう。

まったく殺気だっていないハルやナツが吸血鬼を退治する姿が想像つかなくて困る。

「状況による。優先事項は家出少女の保護だな。それで、真面目《まじめ》な話、もし本当に血を吸うような野蛮な吸血鬼がいるとしたら――『隠《かく》れ里《ざと》』に報告して指示を仰ぐ。吸血鬼の美学に反する存在だからね」

「そう……」

吸血鬼の美学としては牛乳を飲んでいるほうが「反して」いる気が……。

「なんでそんなに血を嫌がるの？」

さすがに疑問を感じだす。全体に淡々としていて、どこか抜けている三人が、三人ともにここまで「血を吸う吸血鬼」に抵抗してみせるのには、なにかしら背景があるのだろうか。

「……そうだなあ。飲もうと思えば、飲めちゃうからだろうな」

「ええっ」

目を丸くする音斗を横目で見て、フユが額にかかった銀の髪をさっと指で払いのける。貴族みたいに優雅な姿を、月光が映しだしている。

「俺たち一族は、牛乳を飲むことに特化して生きてる。血と牛乳の成分が似てるってことは、逆もまた然《しか》り。俺たちは、牛乳を飲むように、生き血も飲めるんだよ。でもさ、人の生き血を飲んで生きてくのって、嫌な気がしないか？　野蛮で、非文明的で、心がないような気がするんだよな」

「あ……うん」

真顔で言われ、音斗はうなずく。

「まして、人をだましたうえで、さらって、勝手に生き血を飲むなんてあり得ないなと思うわけだ。しかも血を飲むことで相手を自分の下僕化する。もしくはそれまでは人間だった相手を、自分と同じ吸血鬼にする。その前に契約書の一通を交わすでもなく、事前にマイナス面の説明をするわけでもなく、署名捺印もナシで、一方的に、将来の『生き方』を変えちゃう。納得いかない」

「マイナス面の説明をして、相手のサインと印鑑があったら、いいの？」

「未成年者には保護者の同意も得て欲しいね」

吸血鬼について話している会話とは思えない。

しかしフユは真剣である。

「じゃあフユさんたちは血が飲めるのに、飲まない、の？」

後半がおっかなびっくりな言い方になった。フユたちが血を飲めるなら、音斗もまた血を飲めるということだ。牛乳を飲むのは抵抗ないが「健康のために生き血を飲め」と言われたら――ぎょっとする。いきなりハードルが高くなるし、飲めないかもしれない。

我が身におきかえたら、フユたちが「吸血鬼なのに血を飲むなんて野蛮」と憤《いきどお》る気持ちが少しだけ理解できそうだった。

「格好悪いから言いたくなかったけどさ」

と、フユが口の端にかすかに笑みを刻《きざ》んだ。

「猫にまたたび、人に酒、吸血鬼に生き血って感じになるんだ。生き血って、強くて、濃厚だから――酔うんだ。俺たちは長い年月を経て、牛乳を飲むようにして過ごしてきてるから、生き血を飲めるといっても大量には飲めない。消化しきれない。場合によっては悪酔いするし、人間が酒を飲んだあとみたいに二日酔いになる奴もいる。でも、ハマる奴は、ハマるって聞く。そのへんも人間たちの酒と同じだ」

「お酒と同じなんだ？」

「そう。人がアルコール中毒になるみたいに、生き血中毒になって身を持ち崩す吸血鬼もごくまれにいる」

さらっと言われ――喉《のど》がつまった。

「あの……フユさん……、じゃあこれから会うのは……」

上ずった声が出た。生き血中毒の吸血鬼との対決の可能性まであるのか？

――吸血鬼の習性って僕の知っているものとまったく違うよ！

「中毒になった俺たちの仲間だとしたら、音斗くんの今後の勉強にもなるかもね。こんなに怖いものなんだなと早いうちにその危険性を目の当《ま》たりに実感したら、生き血を浴びるほどに飲もうとは思えないだろうからね」

「目の当たりにしなくても、生き血なんて浴びるほど飲まないし」

即答したら「だよね」と、フユが笑った。


すすきの駅から地下街へと階段を下りていく。ポールタウンを歩き、途中で横に逸《そ》れて老舗《しにせ》菓子店のビルに向かう。階段を上がっていけば店に着く。が、ハルたちは踊り場から脇にそれ、閑散として暗い奥まったビルの半地下へと進んでいった。

すぐそこに地下街があり――地上は札幌《さっぽろ》の繁華街だというのに――妙にひんやりとして、薄暗いスポットだった。童話を模した人形が飾られ、チェーンで囲まれて、大きめの宝箱が設置してある。宝箱の中身は、山盛りの金貨チョコだ。

さらに脇には、蟹《かに》の蠟細工《ろうざいく》が連なっている。

コンセプトがよくわからない。

「こんなところ、あったっけ……」

音斗は、声に出して確認してしまった。

日常の薄皮をぺろりと剝《は》いだ先にある、ちょっとだけ変化した非日常が、音斗の肌をざわめかせた。数メートルを歩き、階段を上がるか、下がるかすれば、雑踏がある。

あるはずなのだ。

そこを通ってきたのだ。

なのに――どうしてこの場所はこんなにしんとして寂しいのか。

さっきまでたくさんの人とすれ違っていたのに、ここには自分たち以外、誰もいない。生きて動いている者より、冷えて固まってポーズを取ったきりの人形と蠟細工の蟹のほうが多い。

リュックを背負ったハルとナツに挟まれ、ジンが肩幅を狭くするように首をきゅっとすくめている。

「ここここここです。でも、いないようです」

振り返ったジンはいまにも逃げだしたそうだ。

「待ってれば来るって。じゃなきゃすでにもういるけど見えないんだって」

「いるけど見えないってなんですか～」

ジンが怖々《こわごわ》と周囲を見渡す。

つられたようにみんなで人形と蟹と金貨チョコとで彩られた一角を見回した。

「――なんであんたひとりで来なかったのよ！」

と――声がして、黒い影がシュッと動いた。

人形のひとつが飛び出してきて、ジンへと詰め寄る。あっというまにジンの襟《えり》を両手でしめあげ、がくがくと揺さぶっている。

「ひ～っ、助けて～」

抵抗するジンをまたたくまに組み敷いて馬乗りになったのは、少女だった。

くるくると巻いた茶髪。目のまわりにポイントを置いた化粧。

――あ、守田さんのお姉さんだ。

写真そのままなのですぐにわかった。

「ほらやっぱり。いるけど人形だと間違えて、人として『見え』なかったんだ。思い込みで認識できないことってあるよね～。はじめまして。口紅の色がとっても似合ってるね～」

押し倒されたジンの上に馬乗りになった守田の姉に、ハルが抱きついた。

「離しなさいよ。私はいまそれどころじゃ……あ……れ？」

守田の姉は、背後から、覆《おお》い被《かぶ》さるようにしがみつくハルの手を振りほどこうとして暴れる。

「なんで離れないの？　私のいまの力で払えないなんて――あんた何者!?」

「妹さんのほうの守田さんの自称彼氏の血縁みたいなものです～。お姉さんに会えて嬉しいな～。でもつけまつげ取れかかってるよ～。化粧直しのためにバッグ持ってこいって命令したんだよね～」

「「違うっ」」

ハルの言葉に音斗と守田姉が同時に反応した。音斗は自称彼氏じゃない。おそれ多くて自称なんてできない。そんなこと守田の姉にすり込まれたら、もう二度と守田に会えなくなる！

「化粧直しはどうでもいいの。でもあのバッグを……」

言い返す守田姉の目がぎらついていく。目の下にはどす黒いクマが浮いている。

くわっと開いた口のなかに尖った牙が見える。

――ジンさんの言うように、鬼気迫ってるかも。

守田の姉は、迫力があった。

「うーん。ファンデの色選びがミスマッチ。もうちょっと濃い色にしたらいいんじゃないかな～。首のほうが白くなってない～？　ちょっと見せてね。――なに、これ。ファンデで隠してるけど、虫刺され？　首筋にふたつ小さな穴が開いてますね～」

ハルが暴れる守田姉の頭を抱えて固定し、のけぞらせて首を確認する。守田姉とハルの体重をかけられて一番下になっているジンが「助けて～。助けて～」とうめいているのに気づき、ハッとして音斗もハルたちに駆け寄ろうとした。

けれど――フユが音斗の肩をつかんで制止する。

「……ジンさんがつぶれちゃうよ」

「うん。でも音斗くんは後ろに下がっててくれるかな。思ってたより本格的なものが出てきそうなんで。この気配はマジもんだと思う」

「マジもんって？」

フユが音斗を背中にかばった。

フユの視線が向いている方向へと、音斗も目をやる。

片隅に、暗がりがあった。

そこから、霧が湧《わ》いてくる。

——地下街なのに!?

白い霧が付近を漂《ただよ》い、視界を遮《さえぎ》る。どこからともなく、低い笑い声が聞こえてくる。

「虫刺されなどではないぞ……。それは我が下僕の印。契約のくちづけだ」

地を這《は》うような無駄に耳に心地よいバリトンが響いた。

「——こんなことしてる場合じゃないのに。奴が来ちゃったじゃないの。バッグ……バッグ出して。十字架入ってるからそれであいつを……」

守田姉が目を剝いて、手足をやみくもに振り回しはじめた。

「十字架ね～。ナツ、十字架頼む。あとニンニクと聖水とお洒落な杭も出してみて」

「合点承知」

ナツがリュックの中身を広げる。十字架を見て、守田の姉が苦しげな表情を浮かべ目をそむけた。

冷気が足下からしのびより、這い上がる。全身の毛が整列し、立ち上がった。

霧を透かして見る向こう側に――男の姿が現れる。

男は身につけた黒ずくめのマントの、フードを片手で跳ね上げてはずした。

男の美麗な顔を金の長い髪が縁取っている。蒼《あお》い双眸《そうぼう》は、霧のなかの宝石のごとく瞬《またた》いていた。唇は赤く、薄い。貴族的な雰囲気のとおった鼻筋。

繊細な美貌の主が、酷薄《こくはく》そうな笑みを浮かべ、音斗たちを見返していた。

――完璧だ！

吸血鬼と聞いたときに音斗が思い描いた通りの線の細い美男子の姿が、そこにあった。

漆黒のマントの裾《すそ》に渦巻く霧は白の濃淡を描き、いくつもの花弁を重ねたミルク色の薔薇《ばら》のようだった。

「ふ……。十字架だと？　下僕のくせに生意気な。私を退治しようと姑息《こそく》な手段を取ったのだな。我が眷属《けんぞく》、牙の同胞と下僕しか侵入できぬようにと張り巡らせた霧の砦《とりで》をかいくぐり、足を踏み入れるとはただ者ではないな。まさかこの日本、しかも地方都市札幌に、真のヴァンパイアハンターがいようとは！」

「馬鹿じゃないの。そんなもん、いるわけないじゃん」

ハルがきっぱりと否定した。

心底どうでもいいというように、現れた男に背中を向けている。しかもハルは守田の姉を羽交《はが》い締《じ》めしているし――守田の姉はジンの上に馬乗りになっているしで――「古典的吸血鬼さん、勝手にやっててください。こちらはこちらで取り込んでますんで」と、全身で表明しているようにしか見えない。

――間抜けだ！

シリアスさの欠片《かけら》もないハルと守田姉とジンのコントみたいな三段重ねは、パーフェクトで二枚目な吸血鬼と合わせて見ることで、ひとつのギャグになっていた。

ぞっとしていたのに、客観的に見ると「おかしい」。

「な……」

「ドライアイスを過剰に出して演出した気になってる手抜きの舞台効果みたいなことしないでよね～。本当、だから古いセンスって嫌いなんだよ。アレでしょ？　コウモリに変身したりするんでしょ？　蚊みたいに、ぶーんって飛んで、生き血吸うんでしょ？　恥ずかしくないのかね。この二十一世紀の時代に！」

「まったくだ。原始時代でもないのに火をとおさない『生き血』を飲むなんて――文明人として恥ずかしい。高温殺菌しないものを飲んで腹を壊したりはしないのか？　ばい菌に強いというのはいいことだろうが……」

ナツもいつもより口数を多めにし、眉をひそめて首を左右に振った。荷物のなかから、先端が杭になった十字架を手に取る。

男は――絶句していた。

「音斗くん、よく聞くように。吸血鬼というのは心理戦が得意だ。先に相手を貶《おとし》めて、もう嫌だっていう気持ちにさせたほうが勝つことになっている」

フユが、音斗を背後に、小声で説明してくれる。

――心理戦⁉　たしかに精神的に気落ちするような状態になってるけど⁉

これが――吸血鬼同士の戦いというものなのか。

正直、がっかりだった。

「守田さんのお姉さんもさ～、簡単に、人頼みにするのやめたほうがいいよ。誰かに頼み事するときはもっとよく考えること～。ナツ、ワクチン取って」

「合点承知」

「ナツ、守田さんのお姉さんにワクチン打って」

「合点承知」

「え……ナッさんそれ、承知するの!?」

ナツが注射針を取りだし、守田姉の腕にさっと刺した。ハルは守田姉が動かないように固定している。

「ナツ、守田さんのお姉さんの十字架も取って。手に持たせてあげて」

注射針を抜き、ナツは十字架を守田姉に無理に渡す。守田姉が「うわあああ」と叫びだす。握ると痛くてたまらないというように手を痙攣《けいれん》させているが――。

「おまえたち、なにをしているのだ。やはりおまえたちはヴァンパイアハンターっ」

大仰《おおぎょう》な台詞と共に一歩前へと踏みだした完璧な吸血鬼が、マントを翻《ひるがえ》し、ハルたちを一喝する。

ハルもナツも意に介していないのが、妙に情けない。

「ちょっと待ってて、いま忙しいから」

「な……」

吸血鬼（オールドタイプ）の男が十字架に怯《ひる》んだのか、ハルのそっけなさに怯んだのか、音斗には判断ができかねた。

最初は固まり、次の瞬間には男の目が怒りでつり上がる。

「この家畜の群れがっ。下僕、いますぐそいつを振り落とせっ」

顔色を変えて守田姉に命じている。しかし守田姉はハルとナツに押さえつけられていてそれどころではなかった。

守田姉のかわりのようにハルが言う。

「見てわかんないのかな～。守田さんのお姉さん、僕たちのこと振り落とせる状況じゃないでしょう？　なんで自分の手でやろうとしないのかな。そういうところ、本当にどうかと思うんだ。そうやってボーッと立ってると無能に見えるよ？」

「この私に自ら手をくだせだと？　おまえたちのような低級な者たちを我が手で排除しろと？　馬鹿な」

低い声で男が唸《うな》る。ぞっとするような恫喝《どうかつ》の声だったが、ハルたちにはまったく効果がない。

「守田さんのお姉さんもさー、もともと仏教とか神道だったら、吸血鬼になったところで十字架なんて怖がらなくていいと思うんだよね〜。十字架から目を背《そむ》けない！　それってだいたい思い込みだからね〜。きみのことを縛りつけているのは、きみ自身の心さ。さあ、自由になるんだ。なんちゃって。ねーねー、いま僕、いいこと言った？　臭かったかな？　あ……」

くたりとくずおれた守田姉を見て「気絶しちゃった」とハルがつぶやく。

——どう見ても、ハルさんたちのほうが、容赦なくひどいことしているような？

馬乗りになったり、ワクチン注射をしたり、気絶をさせたり、さんざんである。

「ジンくん、ジンくん。後ろ向いて、確認して〜。占い師ってあの人？　ジンくんのこと地下鉄で助けてくれたのは彼で間違ってない？」

ハルは守田姉をジンからぺりぺりと引き剝がして、傍《かたわ》らに寝かせた。そうしながら、暢気な言い方でジンに尋ねる。

「え……あ、はい。あの人です！　占い師です！」

ジンがぶるぶると震えながら応じる。ジンの青ざめた顔を見て、吸血鬼はやっと気を取り直したようだ。

「なるほど。おまえは私がかつて救った家畜のひとりだな。覚えているぞ。闇を徘《はい》廻《かい》し、人に追われているおまえを見て、気まぐれを起こしたことがあった。もしかしておまえが我が同胞かもなどと勘違いをしたあの夜の私は、どうかしていたようだ。この家畜め！　高貴なる私に刃向かうなどとは！」

ばさーっとマントを盛大に翻し、男がジンを指さした。顎《あご》を上げ、見下すように冷たい視線をこちらへと向ける。

「虫以下の癖《くせ》に、役に立つ畜産動物を馬鹿にするそのニュアンスあり得ないよ〜。家畜というかペットっていうのは家族なわけ。友だちでもある。所詮は、友だちもいない『ぼっち』のひがみじゃない？」

ハルが嘆息してから男に言い返した。

「ハル。それはあまり言うな。かわいそうだ」

「なんだよ、ナツ。真実が胸に痛いのは仕方ないよ。だって、友だち増やす方法が、生き血を飲んで相手の自由意志を奪うっていうやり方しかないんだよ？　よっぽど性格が悪いか、頭が悪いかじゃなきゃ、そんな菌糸を飛ばして増やすキノコやカビみたいな友情ゲット方式取らないって」

ナツがちらっと男を見た。痛ましいものを見るように悲しげな表情になり、ため息をついてうつむいた。

――同情してるの？　吸血鬼ってよっぽどかわいそうな生き方してるってことなの？

ハルたちの説明だけを聞いていると、旧式の吸血鬼は悲しい生き物だった。蚊のように生き血を吸い、キノコやカビのように友だちを増やす生き物だった。高温殺菌しない食べ物でもお腹を壊さない、非文明的な生き物。

「自分でも、自分が現代世界に適合してないこと実は気に病んでたんだろう？　だから『占い師』なんて職業を無理に見つけちゃったりしたんじゃないの～？　迷いがないなら職業としても生き方としても『吸血鬼』って言い張ってたよね？　名乗れなかったってことは、後ろめたかったんじゃない？　ひとりぼっちで血なんて吸って生きてていいのかな、なんてさ～」

「馬鹿な。迷ってなどいない。『占い師』は、私の下僕にする若い乙女たちの選定をするために選んだ仮の姿で……」

「だからさ～、下僕とか家畜とか生《い》け贄《にえ》とか言うけど……結局は友だちひとりもいない『ぼっち』じゃないか。下僕や家畜や生け贄にすがって生きてるっていう視点も持とうよ〜。群れるのが嫌いっていうのは、群れるだけの協調性があってなおかつ群れを統率できる能力がある奴が言うから格好いいのであって——身も心も過去も未来もぼっちの中二な奴が言ったら負け惜しみになるんだよ？　それに『占い師』って時点でもう中二っぽくない？　なんなのその設定！」

「ぼっち？　ちゅうに？　なにを言っているのだっ。我らは貴族の末裔《まつえい》。我が尊い血を受け継ぐべき者を選別しているだけだ。孤独なのではない。孤高を貫いているのだ！　我が美学に相反する仲間を無駄に増やすより、私はひとりを選ぶ！」

男は綺麗な顔をわなわなと震わせていた。

「ひとりを選ぶのにネット使って友だち募集しないでしょ。それでもちょっとは文明の利器を使おうとしたんだよね。『闇の一族へ、連絡請う』って動画をアップしてみた。それも、自分で自分を撮影できないし、自分を撮影してもらう勇気もなかったからか、通りすがりのジンくんのことを撮影して思わせぶりなことしちゃって〜」

「あ……おま……なにを言う。私はただ豊饒《ほうじょう》な闇をわかちあう同胞がもしもいるのなら、その相手と互いの美しき薔薇の血脈の物語を語りあかしてもいいかと気まぐれを起こしただけだ。下賤《げせん》の民に私のこの高尚な趣味は理解できないだろうがな」

「かっこ悪いー。ちゃんとお金払わなかったから、プロバイダとかアカウントとか停止させられて、動画消えちゃったよね～。調べたんだからね～」

「アカ……停止……あ」

男が狼狽《うろた》えだす。

「な？　音斗くん。吸血鬼であろうと地底人であろうと最後の頼みの綱は金なんだよ。生き血は無料で吸えたとしても、それ以外のものをどうこうする金がないと、人生は詰まる。旧式の吸血鬼は戸籍もないだろうし、銀行口座の開設もできなかったんだろう。あいつ……苦労してるんだろうな」

フユが同情するような声音で言った。金銭的問題に関してはフユはたやすく感情移入する。

「おまえたちは――なんなんだっ。私の霧の砦を土足で踏みにじるこの野蛮人どもめ！　いいか。私が愛するのは夜の闇と薔薇《ばら》と生き血！　おまえたちのような愚民どもには理解できないことだろうがな。霧と闇と沈黙を我が身に纏《まと》い、永遠の時を生きる高貴な旅人――それがこの私！　私こそが吸血鬼の血脈を受け継ぐ、闇の王！」

男は、翻したマントを、今度はぶぁさーっと引き戻して震える口元を覆う。

男の目が蒼から——赤へと色を変えた。

「まだわかんないのかな～。頭使ってよ～。あ・た・ま。この霧って、眷属と下僕しか入れない結界みたいなもんなんでしょ？　実際にここ、普通の人は入り口に気づかず入ってこられなくなってるみたいだし。でも僕たちはあなたの下僕ではありません。っていうことは？　考えてみてよ。僕たちは——あんたが動画をアップしてまで呼び寄せようとした『闇の一族』とか『闇を知る者』とか、そういうのだってば。中二臭いんでその呼び方は断固拒否しますが！」

男の赤い目がつり上がった。マントで口元を隠すポーズを取っていた男の腕から力が抜け、だらりと両脇に手が垂れる。しかしすぐにハッとしたように身構え、声を張り上げた。

「嘘をつくなっ。十字架を手にする闇の一族などいるものか。おまえたちは私を退治に来たヴァンパイアハンターだ」

「もう少し素直になりなよ～。友だちが欲しいんでしょ？　なってあげてもいいんだよ」

「ああ。おまえもいろいろと大変だったんだろう。だが、その旧態依然とした生き方と考え方を変えてみてくれ。そうしてもらえたら、俺たちも少しは歩み寄れるだろう」

「な……に……」

ナツとハルが、十字架やニンニクや聖水を手に、男へと一歩ずつにじり寄っていく。

「金がないなら貸してやってもいい！　利息はトイチにしてやろう。銀行口座開設の手助けもしてやろう。戸籍を買うことになるからちょっと経費がかかるが、知り合いにそういうのに強い奴がいるから、安心してくれていい」

フユまでもがにじり寄っていった。

「トイチって、ひどくない？」

ハルの問いかけにフユが「トサンじゃないだけマシだ」と傲岸《ごうがん》に言い放った。

「いやだってそれ闇金と同じ利率だよね～」

「いいじゃないか。『闇を知る一族』と仲良しになりたいんだろう？　闇の一族も闇金を知る一族も、変わりないじゃないか」

「変わるよっ！」

咄嗟《とっさ》にフユの背中にしがみつく音斗だった。

トイチとかトサンとかいうことがなにを意味しているのかわからなくても——フユが無茶ぶりをしているのだけは把握できた。

——フユさん、ときどきひどく性格が悪くなるから。

ジンを捕まえさせたときも、そうだった。『もう二度とこんなことをしないというようなひどい目に遭《あ》わせろ』という指示は、物理的ダメージはないけれど、心理的に不気味なものだった。ハルとナツだけでも吸血鬼の男は苦戦しているのに、ここにフユが加わったら——男が、危ない。

精神的に「やられる」！

「逃げて……わかんないけど、吸血鬼の人、逃げて～。僕がフユさんを押さえてるあいだに、ここから逃げないと、ひどい方法で退治されちゃうから～」

男は驚いた顔で音斗を見た。

「退治なんてしないぞ？　とりあえず捕まえたらトイチで金貸して、契約書に署名捺印させせて、あと牛乳を飲ませる。生き血生活から足を洗わせて、毎日、牛乳だ！

占いもそんなにしたければ、させてやる。うちのパフェ屋の片隅を時間制でレンタルするぞ。時間三千円でどうだ？　特別にパフェもひとつつけよう」

「そんな生活は断る！」

吸血鬼の男が怒鳴った。

刹那《せつな》、轟《ごう》と、風が吹いた。

突風がみんなの髪と服を巻き上げ、霧が沸《わ》き立つように男へと集結していく。目を開けられないほどの強風に気を取られて瞬きをする。

小さな竜巻が巻き起こり――霧と共に、男の姿は消失していた。

「消えた……？」

音斗はポカンと口を開け、男がいたはずだった空間を凝視する。もうそこには誰もいない。なにも、ない。

「やっぱり金の力が最後に奴を退散させたんだな」

フユが満足げにうなずいて、告げる。

「違うと思うよ」

音斗の思っていた戦いでも退治でもなかったことに呆然とし、音斗は、半笑いでその場にしゃがみ込んだのだった。

——吸血鬼（旧式）は、退散した。

みんなで賑《にぎ》やかに『マジックアワー』へと帰路につく。

ナツが守田姉を背負い、ジンがナツが背負っていたリュックを代わりに持った。

ハルはうきうきと飛び跳ねて歩き、フユが「音斗くん、なにか不満でも？」と悪戯《いたずら》っぽい目つきで尋ねてくる。

「守田さんのお姉さん、大丈夫なのかなと思って」

「蚊に刺されたのと同じだから、痒《かゆ》いし、思い込みで下僕コントロールもしばらく残る。でも、まあ直《じき》に薄れると思うよ。ワクチンも打ったし」

あくまでも「蚊」扱いである。ワクチン接種でどうにかなるって、ウィルスか⁉

「だったらいいけど。なんだか、思ってたのと違った」

「そりゃあそうさ。すべてが思ったとおりに進むとは限らない。人生ってのはそんなもんだ」

重々しくそう言われると――含みのある出来事のように思えてくるのが、少しだけ嫌だ。うっかり、ごまかされてしまう。

「当初の目的どおりに守田さんのお姉さんを見つけられたんだから、それでいいじゃないか」

「そうだけどさ」

じゃあ殺伐とした吸血鬼退治を求めていたのかというと――そういうわけではないので、これでいいのかもしれない。

「でもあの吸血鬼の人、かわいそうだった」

「音斗くんは優しいなあ」

「フユさんたちのほうが悪者みたいだった」

「人数が多いと、いじめになっちゃうからな。オセロみたいなもんだよ。俺たちでひとりを取り囲んだ。相手の倫理観その他をひっくり返してみようとした。でも相手は現段階ではひっくり返らなかった。今回は、俺たちは角を取りそびれた」

オセロ「みたいなもの」か。それは「角を埋めたあとで五円ですべてを返す」謎のゲームでは？

「それとも、お金の力が足りなかった?」

ちょっとだけ口を尖らせて聞き返してみたら、フユは答えず、音斗の髪の毛をくしゃっとかき混ぜた。

「お金の力で挑《いど》まれても、俺は生き血は飲まないよ。牛乳がいい」

なんという牧歌的吸血鬼——。

「あいつも牛乳飲めばいいのになあ。ひとりぼっちで夜の街を徘徊して、生き血を飲んで、無理に誰かを下僕にする生き方なんてやめちゃえばいいのに。俺たちみたいな生き方もできるのにさ」

「そんな生活は断るって言ってたよ?」

「そうだなあ。口だけで説得するのは難しい。でも力ずくで、無理強いするのも嫌だしさ」

牧歌的であり、平和主義だ。

そして音斗は、自分が牧歌的吸血鬼の仲間であることにほっとする。いろんな道具を持っていったわりに吸血鬼に対しては十字架も杭も使わずに、口先だけで適当なことを言って相手を退散させた。そんなフユたちのことが、好きだ。

——まあ、いっか。

それに音斗は今回は倒れなかった。音斗は少しずつ強くなっている。健康に近づいている。

跳ね回るハルの真似《まね》をして、気が大きくなった音斗は、ちょっとだけ弾《はず》んでみた。スキップをしながらナツの側《そば》へと行く。

「わ。守田さんのお姉さん!?」

近づくと、ナツの背中で、守田の姉はパチリと目を見開いていた。

「きみがうちの妹の自称彼氏？」

しばし見つめた後、守田姉がぼそりと言う。

一撃必殺だった。

「ち……違いますっ」

——ハルさんが変なこと言うから！

「ごめん……。事態が把握できてないのよね。どうなってるの？　なんか力も入らないし……身動きとれない。気づいたら知らない人に背負われてて……」

顔をしかめ、守田姉が言う。

「どこまで覚えてるんですか?」

守田姉は、嫌なものを嗅いだ猫みたいに変な顔をした。

「注射されて十字架持たされたら痛かったところまで」

つまりほとんどを覚えているのか。

「僕たち、守田さんに、家出したお姉さんを捜してって頼まれたんです。ジンさんに守田さんのバッグ盗んでこいって言ったの、お姉さんですよね? 探しにいくまでもなく、ジンさんがお姉さんと待ち合わせまでしてくれていたから、助けにいきました。僕たちがジンさんを捕まえたのも、お姉さん、見てませんでした?」

「うん、見てた。ジンさんて、あのホームレスだよね。盗むようにって言ったし、それを失敗してあんたたちに捕まったのも見てたし——もうこれは私は吸血鬼の下僕のままかなって、十字架持ってきてもらえないなってあそこで待ってた。……助けられたんだ。そうよね。助けられたような気がする」

自分に言い聞かせるようにつぶやいている。いまひとつ「解《げ》せぬ」と思っているのが見え見えである。

「大変だったな。細かいことはうちに着いたらでいいじゃないか。いまは休んでるといい」

守田姉を背負うナツが優しく告げた。守田姉はいぶかしげな顔のまま、それでもこくりとうなずいたのだった。


戻ってすぐに音斗は守田に電話をかけた。ふたりとも携帯電話なんて持っていないから、家の電話にかけて「守田さんお願いします」と呼びだした。女の人だったから、あれはたぶん守田の母親だ。あとで考えたら、守田の家の人はみんな「守田」なので「守田さんお願いします」は変だった。でもテンパっていたから、仕方ない。

そして——守田は、音斗の報告を聞いて、こっそりと家を抜けだして『マジックアワー』にやってきたのだった。

「だから『伝説の占い師』はいたの！　おとなになるのがつまらなく思えて『死にたい』って言ったら、死にたくなるくらいの悩みも、忘れさせてあげるって言われたの。それって、私の願いを叶えてくれて、悩みを解決してくれるんだと誤解して……。そこから記憶がなくなって気づいたら……」

「生き血を吸われて吸血鬼の下僕になったたって？　お姉ちゃん……私、そんなことお父さんとお母さんに説明できないよ。本当のこと話して」

守田姉が事の経緯を守田に説明し、守田がどんどん表情を曇らせていく。

ハルとナツは店に行ってしまった。

ジンと音斗とで、姉妹の話をおろおろして聞いていると、フユがパフェを四個持って現れた。フユは言い争う姉妹の前にパフェを並べ「で、守田さんのお姉ちゃんは『死にた』かったの？」と唐突に尋ねる。

なんということを聞くのだと、音斗は呆気に取られる。

姉妹ふたりとも虚を衝《つ》かれたように無言になる。

先に声を出したのは、姉だった。

「うん」

「お姉ちゃん！」

「だってお父さんもお母さんも、つらそうにして、喧嘩《けんか》ばっかりしてたじゃないの。育って大人になってもああいうふうになるんなら、生きててもなにもいいことないんじゃないかなって思っちゃったのよ。家出して、稼ごうと思ったのも本当。でも、家出した途端に、稼いだところで、お父さんとお母さんみたいになるのかって思ったら、別に無理して生きてかなくていいのかなと思ったのも本当」

守田が悲しい顔になった。姉を非難しつつも――完全に否定はしきれないというような、苦しそうな目をして、うつむいた。

「そうしたらさ、占い師がいたんだよ。それまで誰もいなかったはずのビルとビルのあいだに、ぽわーっと浮き出てきた。だから吸い寄せられるみたいにその前に座ったの」

守田の姉が取り憑《つ》かれたように話しだす。

「家出してみたものの、稼ぐのは水商売じゃないと無理だなって早々に諦めモードだったんだよね。外で寝るのもつらいし、かといって啖呵《たんか》切って出たからすぐに家に帰るのはしゃくだった。そう思ってたときに占い師に会っちゃったじゃない？　伝説の占い師がいるんなら、もしかしたら捕まえたら百万もらえる地底人もいるかもって思ったわけ」

「そういう発想か。ちっとも死にたがってないよね」

フユがどこか感心したように言う。ジンと音斗の前にもパフェを置く。

「そう？　でも私のなかでは、死にたかったのも、お金欲しかったのも、矛盾してない。いまのままの状態じゃあ、生きていたくなかったの」

みんながしんとして守田姉の話を聞いていた。

「それで占い師に『地底人がどこにいるか占って』って頼んだ。地底人がどういう人かってのを説明したら、占い師は『知ってる』って言ったのよ。それで居場所を教えてくれた。そのかわり、血で払えって言われた。自分は占い師じゃなく吸血鬼で、若い女性の生け贄を夜の街で探しているんだって」

「変質者じゃないの！」

守田が眼鏡の奥の目をきりりっとつり上げて怒る。

「だから、吸血鬼なんだってば。で、ね、血を吸われたときのことあんまり覚えてないんだ。吸血鬼ってひどいんだよ。血を吸ってから『教えた地底人の居場所は合っているが、地底人はただのホームレスだ。百万なんてもらえない』なんて言うのよ。腹が立って、殴りつけようとしたのよ！」

音斗の向かいで、ジンが申し訳なさそうにうなだれている。

「なのにね、なんでかなあ。殴ろうとしてるのに、殴れないんだよ。手が動かないの。縛りつけられたみたいになって――催眠術みたいにじーっと見つめられて『おまえは私の下僕だ。私に抗《あらが》うことはできない。私が空腹になったときに自らその身を差しだしに来るのだ』って言われた。日時と場所を指定して、来いって言うんだよね。血を吸われに来いって。断れなくなって……なんかこう……変になって……」

「催眠術をかけられたのね」

「催眠術みたいってのは、喩《たと》え！　とにかく相手は吸血鬼だったんだってば」

「お姉ちゃん……」

守田姉妹の会話はこのままでは永久に平行線のままだ。

フユが話を整理するように、ふたりの会話に割って入る。

「それで、吸血鬼だったら自分が家に忘れてきた十字架で退治してやると思いついたんだ？　で、占いで居場所を知ったジンくんを八つ当たりついでに脅しにいった、と。吸血鬼の下僕になってて殴ることすらできなくなってるし、別な人に十字架出して退治してもらいましょうっていう安易な発想？　自分でバッグを取りに戻ったら、家出からなにもしないで戻ったって思われてしゃくだったからかな？」

「そうよ」

ふてくされたように唇を尖らせて姉がそっぽを向く。

「ところで吸血鬼に効くワクチンって本当なの？」

むっとした顔のままフユに尋ねる。

「鰯《いわし》の頭も信心から。効くか効かないかは、今後のきみの気持ち次第かな。でももしもまた吸血鬼がきみにコンタクトを取ってきたら、俺たちがちゃんと奴を追い払ってやるから大丈夫だよ」

「高萩さん……なんだか本当にすみません……。お姉ちゃん、変なこと言いだして」

守田が深々とフユに向かって頭を下げた。

「変なことじゃないよ。真実なんだって。吸血鬼がいたの。私のここ、首のここに牙の跡があるでしょう？」

守田姉が必死になっている。

すると――。

「お姉ちゃんたら。もういいんだよ。そういう嘘つかなくてもいいの」

涙声になった守田が、姉の身体にしがみついた。

「え……曜子《ようこ》？　なに？」

「私もお母さんも――お父さんも心配してたんだからねっ。うちなんてどう隠したって、電話で話してる声なんて筒抜けじゃない。こっそり出かけるの本当だったら無理じゃない。お父さんたち、私が高萩くんたちに、お姉ちゃんを捜してもらってるの、知ってたと思うんだ。私、昨日、商店街のなかでバッグ盗まれたでしょう？　うちの親の耳にはもう入ってると思う。それでも今夜、外に出してくれたって、そういうことだよ」

「曜子」

「昨日の夜、心配してるお母さんに、お父さんが『あの子に限って変なことするはずがない。俺の娘だぞ。金稼ぐにしろ、ちゃんと考えて仕事を選ぶに決まってる。ぐだぐだ泣くな』って怒ってたよ。お父さんが一番お姉ちゃんのこと心配して――でも信じてもいたんだよ。そんな、凝《こ》った嘘つかなくてもいいってば。帰ろう？」

言い終えると、守田が「うわーん」と声をあげて泣きだした。それまで大人っぽかったのに、一気に、十三歳の女の子になってしまった。眼鏡ごと顔を押しつけ「もう帰ろうよ～」と泣く妹に、姉は困ったような、少しだけ嬉しいような、複雑な顔をして見せた。

「曜子〜。わかったよ。泣くなよ〜。帰ってあげるから」

ポンポンと妹の頭を撫で、姉はふと視線を上げる。

「ほら、曜子。彼氏の前でそんなに泣いたら、彼氏も心配してんじゃない」

瞬間——音斗の頭のなかでピーッと謎の音波が発生した気がした。火にかけて沸《ふっ》騰《とう》したら鳴る薬《や》罐《かん》みたいな音だ。羞《しゅう》恥《ち》が煮えたつと変な音が脳内で鳴り響くものなのかもしれない。

「な……」

守田はそれを聞いているのか、いないのか。

フユが無言で守田にティッシュを差しだした。守田がそっとそれをつかみ取る。

一瞬だけ顔を上げた守田の耳が朱色に染まっていて——それは泣いたから赤くなったのか、それとも音斗を彼氏と言われて赤くなったのか、音斗にはまったくわからないことで——。

「じゃあ、帰ろう」

姉にうながされ、守田が「うん」と小声で答える。

玄関に向かう姉妹を見送りに出る。

泣いた目をした守田は、いつもよりさらにちっちゃくて、愛《いと》おしく見える。泣き顔を見られたことが恥ずかしいのか、照れくさそうに目をそらす守田に、音斗の心臓が高鳴る。

「あの……守田さん、彼氏っていうの……その……」

音斗は勇気を出して、守田に声をかけた。なにか言わなくては。彼氏だなんて変なこと言われちゃってごめんねとか、あるいは彼氏だと言われて嬉しいとか？　なにを言ったらいいの？

「わかってるよ。……お姉ちゃんが変なこと言ってごめんね。高萩くんのお兄さんたちはかっこいいけど、そういうんじゃないから。お姉ちゃんも、お兄さんたちに迷惑がかかるから、ああいう冗談はやめてよね」

もじもじしながら、守田がきっぱりと言う。

「え……」

玉砕。

彼氏と言われたとき、音斗ではなく、フユのことを想定して赤面したのか？　あるいはハルか？　ナツなのか？　誰が相手でも、とにかく音斗は、玉砕している。

「あ、そうなん？　そっちか」

しかも守田姉もあっけらかんと、音斗ではなくフユを見て納得しているし。

音斗は肩を落とし、仲良し姉妹の背中が遠ざかっていくのをじーっと見ていた。

「音斗くん……」

押し黙っていたフユが、なにかを言おうとする。

なにを言われてもダメージになりそうに思えて、音斗はフユの言葉を遮った。

「フユさん、やめて。もう……やだ。なんか……恥ずかしくて……」

こういうときに、言う言葉があった。いままで使えなかった台詞が、やけにしっくりと音斗の唇から転がり落ちた。

「……恥ずかしくて、死にたい」

——もう本当に本当に本当に！

明日、どんな顔で学校に行き、どんな顔で守田と話せばいいのかと考えるだけで顔から火が噴《ふ》きそうだった。

死にたいと言えるくらい、自分は生きている。

生きているのだと——生きていくのだと嚙《か》みしめて、音斗は両手で顔を覆った。

終章

それでどうなったかというと――特にこれという変異もなく、音斗《おと》の日常生活は回っている。昨日と今日とで唐突に背丈がのびたりはしていないけれど、昨日よりは間違いなく今日のほうが少しだけ成長しているという感じの日々だ。身体《からだ》にも心にも経験が加算される、健全な足し算人生を歩んでいる。

たまに気持ちがささくれだったり、ショックを受けて引き算になったりするが――まあそれはそれで大丈夫だと思えるくらいは、強くなった。

地底人は、守田の姉が去ってから二日間だけ泊まり、吸血鬼が実際にいるかもしれないということに打ちのめされて脅《おび》えたり、開き直ったり、自分の正気を疑ったりしていた。

「吸血鬼なんていない。あれは集団催眠術だ。相手は、占い師でもあり有能な手品師でもあった」

フユが言葉巧《たく》みにジンを説得し、とうとうジンは自分が見たのは巧妙な手品であったのだと納得してくれた。

ジンと共に「お菓子博物館」の現場を再度訪れたナツとフユは、飾られた人形の奥から小型扇風機や縄などを「発見」し「これがその証拠だ。ドライアイスで煙を作り、それを扇風機で巻き上げ、縄で脱出した」と言い張ったのだ。

もちろんそれらの小道具は事前に太郎坊《たろうぼう》や次郎坊《じろうぼう》にセッティングさせていたものである。

「……子どものときにこういう体験したら、俺の人生なんか変わってましたかね。少年時代に冒険しとけばよかったのかなあ」

現場から持って帰ってきた縄を見て、ジンが、遠い目をしてそう言った。それから「俺、本当はタカシというんです」と、つづけた。「妹がいるんです」と、うつむいた。

「妹も、もう結婚して子どもがいたりするのかな。一回、帰ろうかな」

ふと零《こぼ》したジンの言葉をナツが優しく拾い上げる。

「そうだな。一度、帰るといい。もしそこの居心地が悪ければ、またこっちに来てもいいから、妹さんの顔を見ておいで」

「そうっすね」

その次の日——元・地底人は美味《おい》しいパフェをたらふく食べて、みんなに頭を下げて店を去っていった。

吸血鬼は——何処《どこ》にいったのだろう。

吸血鬼の行方は杳《よう》として知れず、ハルもフユもナツも「次に奴に会ったら、今度こそ奴の生き方を改めさせよう」と、そのための計画を練っている。

吸血鬼はいまもまだ、すすきのの深夜を孤独に徘徊《はいかい》し、血を啜《すす》り、自分の同胞を探し求めているのかもしれない。

音斗はというと——。

あいかわらず完全防備で通学し、体育は見学だ。でも最近は見学のときも教室ではなくグラウンドの木陰で日傘を差して座りこんだりしている。合同授業でのクラス対抗サッカーやソフトボールの試合では、自分のクラスの応援をする。

このあいだはクラス対抗サッカーで華麗にゴールを決めた岩井《いわい》が、音斗のところまで駆けてきて、ハイタッチをしてくれた。

「ドミノってキャラ立ってるよなあ。よく見るとイケメンで、しかも成績優秀。学力テスト学年八番ってなんなの？」

呆《あき》れた顔で岩井は言う。ノートを見せてくれとか、勉強を教えてくれというクラスメイトの声かけが多くなった。

みんなと話す機会が増えるにつれ、学校での守田《もりた》との会話が少なくなってきているのが目下の音斗の悩みだ。しかも守田は確実に前より音斗に対して「引いて」いる。

このあいだも、音斗が、朝の通学時に勇気を出して守田に駆け寄ったら――。

「だって……高萩《たかはぎ》くん、私より色が白いから。隣に並ぶと私が色黒みたいで恥ずかしい」

そんなことを耳まで赤くして守田が言っていた。

「ごめん」

他のことなら守田のために努力する。でも「日焼け」は無理だ。意気消沈した音斗を見て、守田が慌《あわ》てる。

「あ……ごめん。違うの。私ひどいね。高萩くん、紫外線アレルギーなのに、そんなこと言われても困るよね。そうじゃなくて……ただ、私も高萩くんみたいに色白だったらいいなあって……」

そして何度も「ごめんなさい」と謝罪して、守田は顔を真っ赤にして走り去ってしまった。

守田は日に焼けた男が好みなのだろうか。どうしたらいいのか、前途多難だ。

その代わりといってはなんだが、守田の姉が頻繁《ひんぱん》に『マジックアワー』に来る。半吸血鬼化しているのかなんなのか、乳製品が美味しくてたまらなくなったのだそうだ。ちなみに、守田の姉を連れ戻してから、商店街での『マジックアワー』の立場が良くなった。列を作っても警察からの指導もなくなり、商店街の組合にも参加するようにと言われたので、今度、フユが組合の会合に行くのだそうだ。

そうして今日もまた——夕日が、空の端に残り火をぶちまけて朱金に燃やしていく。

線香花火の火花がポチリと落ちていくように、陽光が空の底に落下する。刷毛《はけ》で塗った赤がさーっと拭《ぬぐ》われ、蒼《あお》く、透明な色へと変わっていく。
マジックアワーだ。
「起きて。夜がはじまるよ」
音斗が声をかけると、千両箱の蓋《ふた》が持ち上がる。
白い手が蓋を押し上げ――。
『マジックアワー』の、夜が、はじまる。

※本書は2013年7月にポプラ文庫ピュアフルより刊行しました。

佐々木禎子（ささき・ていこ）

北海道札幌市出身。1992年雑誌「JUNE」掲載「野菜畑で会うならば」でデビュー。BLやファンタジー、あやかしものなどのジャンルで活躍中。著書に「あやかし恋奇譚」シリーズ（ビーズログ文庫）、「ホラー作家・宇佐美右京の他力本願な日々」シリーズ、『薔薇十字叢書　桟敷童の誕』（以上、富士見L文庫）、『着物探偵　八束千秋の名推理』（TO文庫）などがある。

表紙イラスト＝栄太
表紙デザイン＝矢野徳子（島津デザイン事務所）

teenに贈る文学 6

ばんぱいやのパフェ屋さんシリーズ①
ばんぱいやのパフェ屋さん
「マジックアワー」へようこそ

佐々木禎子

2017年4月　第1刷

発行者　長谷川 均
発行所　株式会社ポプラ社
〒160-8565　東京都新宿区大京町22-1
TEL 03-3357-2212（営業）
03-3357-2305（編集）
振替00140-3-149271
フォーマットデザイン　楢原直子
ホームページ　http://www.poplar.co.jp
印刷・製本　凸版印刷株式会社

N.D.C.913／286P／19cm
ISBN978-4-591-15379-6